한국 현대성장소설의 구조와 의미망

한국 현대성장소설의 구조와 의미망

김병희 著

성장소설에 관심을 가지게 된 것은 나 자신의 불안정함 때문이었다. 오랫동안 나를 따라다니며 회의에 빠지게 만들었던 열등감과 소외감, 그것을 위무하기 위한 안간힘이었을까. 아무리 시간이 지나도 어른이 되지 못할 것 같았다. 나이를 너무 빨리 먹는 것 같아 두려웠다. 예상치 못한 일들이 간단없이 부딪쳐 왔고, 여기가 바닥인가 하면 내일 또 다른 바닥이 드러나곤 했다.

과연 인간이 성장한다는 것은 어떤 의미일까, 인간을 성장하게 만드는 동력이란 어떤 것들일까, 그래서 인간이 도달해야 하는 고지는 어디일까 하는 생각들이 늘 숙제처럼 따라다녔다. 그러면서 한 사람이 일생 동안에 할 수 있는 일이란 그리 많지 않다는 것, 그 업적이 매우 보잘 것 없는 경우도 많다는 것을 재삼 확인하곤 했다. 그때마다 기라성 같은 작가들의 진솔하고 힘겨운 고백에 기대어 위로받고 용기를 얻었다. 인생에 대하여 여러 가지 모양과 각도를 인정하고 받아들일 수도 있었다.

작품마다 성장기를 겪어나가는 인물의 처한 환경이나 성격이 달랐지만, 고뇌하고 극복해야 했던 과제들은 그들이 살아간 시대와 맞물려 비슷한 크기로 그들을 압박했던 것 같다. 지금 우리들에게 일어나고 있는 일들도 마찬가지일 것이다. 누구에게 더하고 덜할 것 없이 세상을 이해하고 받아들이는 일은 힘겨운 작업이다. 그래도 누군가 나와 비슷한 고민을 가진 사람이 있고, 그들도 나처럼 세상을 겪어내고 있다는 사실이 힘이 될 것 같다.

내가 자랄 때는 외국 작가의 작품들이 손쉬웠다. 더러 문장이 난해한 번역소설들을 읽으며 때로는 공감하고 때로는 고개를 갸웃하며 관념적인 세계에 빠져들었던 것 같다. 그러나 우리 성장소설은 달랐다. 그들의 생활 모습이나 감정의 흐름, 언어와 행동양식까지 너무나 닮아서 섬뜩하기까지 했다. 너무 사실적이어서 소설이라기보다는 그냥 우리들 이야기 같았다. 그래서 이 소설들을 어떻게 받아들이고 정의내리고 분석할지 고민해야 했다. 어떤 작품들을 어떻게 추려야 더 잘 이해하고 설명할 수 있을지, 내려놓기 아까운 작품들 사이에서 갈등해야 했다.

박사학위논문은 쉽게 쓰고 싶었다. 문학을 전공하지 않는 사람들이라도 기꺼이 들척여 볼 수 있는 어떤 것이고 싶었다. 그러기 위해 문학이란 무엇인가 또는 무엇이어야 하는가에 대하여 매일매일 생각했다. 대학에 진학해 문학 수업을 받으며 훑어나가야 했던 개론서들이 대개 그런 제목을 달고 있었지만, 그때는 그 내용들이 형식적으로 내 눈과 귀를 스쳐 지났던 것 같다. 박사학위논문을 쓰면서 비로소 문학을 어떻게 생각해야 하는지 깊이 고민했고 어떻게든 그 답의 한 귀퉁이라도 발견하고 싶었다. 그러나 역량이 미치지 못했다. 아쉬움 속에서 논문을 마무리했고, 실로 오랫동안 내놓지 못하고 끼고 있었다. 책을 낼 수 있도록 독려해 주신 한국학술정보(주) 관계자 여러분께 이 자리를 빌려 감사드린다.

성장소설을 공부하면서 모든 시작과 끝이 서로 연결되어 있다는 것을 절실히 깨달았다. 이야기가 끝나고 소설책을 덮는 것으로 일단의 독서는 끝이 나지만, 이야기 속의 인물들은 그제야 살아서 비실비실 내 앞으로 기어 나오곤 했다. 그들이 친구도 되고 감시자도 되고 적군도 되면서 새로운 관계가 시작되곤 했다. 이 책을 내놓으면서 한편으로는 손을 떼고 싶은 마음이 간절하다. 이 글을 위해 들인

시간과 안간힘, 자책과 회한으로부터 멀찍이 도망가고 싶다. 그러나 그렇게 되지 않으리라는 것을 예감하고 있다. 이 책 때문에 아마도 새로운 국면으로 진입하게 될 것이다. 다음에 해야 할 것들과 씨름하며 어쩌면 똑같은 과정을 되풀이하게 될지 모르겠다.

언제나 나를 믿고 이끌어주신 김준 교수님, 시조시인이며 <시조문학> 발행인으로서 문학에 대한 열정과 의지를 지켜 오신 선생님을 통해 문학의 현장을 목격하곤 한다. 미력하나마 힘을 보태는 것으로 감사의 표시를 다하고 싶다. 오래 건강하셔서 뜻하신 성과를 이루시기 바란다. 우리 대학원은 늘 가족적인 분위기였던 것 같다. 교수님들 및 후배들과 함께한 시간이 뇌리에서 떠나지 않는다. 언제나 모든 기억의 앞자리에 그 시간들이 위치하고 있다. 늘 우왕좌왕하는 나를 지켜준 그때 그 사람들에게 감사의 마음을 전하고 싶다.

그리고 이제는 연로하신 내 부모님, 뿔뿔이 제 길을 가고 있지만 내 살덩어리 같은 자매들, 나를 잘 참아주는 남편과 아들 재윤이……눈물겹고 애틋하면서도 늘 두려운 사람들이다. 상찬이든 형벌이든 기꺼이 나눠 질 태세를 갖춘 그들을 실망시키고 싶지 않다. 부족한 공부를 메울 수 있도록 애쓰면서 살겠다.

책을 마무리하는 심정이 복잡하면서도 한편 홀가분하다. 이제 뭐든 할 수 있을 것 같다. 끝내야 할 것을 끝냈으니까 시작해야 할 것들을 끌고 나와 하나씩 새로 시작하고 싶다.

2007년 7월
저 자

| 목 차 |

제1장
한국 현대 성장소설의 기반

1. 성장소설의 개념

성장소설의 개념에 대한 논의는 세 갈래로 진행되어 왔다. 먼저 독일의 교양소설(Bildungsroman)을 토대로 유사한 용어와 유형들을 포함하여 논의를 진행하는 방식을 취하거나, 형성소설(Novel of Formation)을 기반으로 그 장르적 모델에 따라 분석하는 방식, 또는 이니시에이션 스토리(initiation story)에 대한 정의에 따라 그 성숙의 단계를 나누는 논의방식이 그것이다.

교양소설(Bildungsroman)은 어떤 인간이 일정한 삶의 형성에 이르기까지의 그 혼의 발전과정을 표현하는 것이어서 이것을 달리 발전소설이라 부르기도 한다. 그러나 엄격한 의미에서 <교양>의 철학적 의미를 음미하지 않으면 이런 유형의 소설 개념이 올바로 파악되지 못할 것이다. <Bildung>이란 말의 의미는 인간 내면에 중점을 둔 것으로서, 인간의 전체적인 형성의 의미를 강하게 띤 것이다.[1] 교양이란 육성, 말하자면 능력 혹은 재능의 계발 이상의 것을 의미하며, 자신을 보편적인 정신적 존재로 만드는 것은 인간교양의 보편적인 본질이다. 따라서 보편성에로의 고양인 교양은 인간의 과제[2]라고 할 수 있다.

---

1) 김윤식, 「교양소설의 본질」, 『한국현대소설비판』, 일지사, 1981, 276쪽.
2) H.G.가다머, 『진리와 방법 Ⅰ』, 이길우 外 옮김, 문학동네, 2000, 43-47쪽.

교양소설은 원래 독일에서 발생한 양식이며, 괴테의 「빌헬름 마이스터의 수업시대」와 「빌헬름 마이스터의 편력시대」를 그 효시로 꼽는다. 이 시기는 18세기 후반인데, 유럽 전체로서는 시민혁명의 열기와 그 욕구가 가득 찼던 때이다. 독일의 문학 내부에서 보면 낭만주의가 개화되면서 이상주의적 기운이 미만했던 때이기도 하다. 보통 19세기 시민사회의 발달과 더불어 소설이라는 양식이 발달한 것으로 이야기되지만, 사실에 있어서는 괴테의 「빌헬름 마이스터」 두 권이 그 연원으로 지적된다.3) 루카치는 「빌헬름 마이스터」가 체험된 이상을 길잡이로 해서 삶을 영위하는 문제적 개인이 구체적인 사회 현실과 화해하는 것을 그 테마로 하고 있으며, 교양소설의 인물은 사회적 관계와 성취의 여러 구조 속에서 영혼의 가장 내면적인 것을 찾아내는 데 목적을 두고 있다고 언급한다. 주인공은 체념하면서 사회적 삶의 여러 형식들을 받아들이는 가운데 자신을 사회에 적응시키고 오로지 영혼 속에서만 실현될 수 있는 내면성을 자기 자신 속에 가두어 두고 자기 혼자서만 그것을 보존하는 태도를 갖는다4)는 것이다.

성장소설(혹은 발전소설(Entwicklungsroman))이 교양소설(Bildungsroman)과 동의어라는 것은 한 개인의 성장과 자각이 그것을 가능케 한 사회의 보편적 가치, 그것의 소산인 교양, 다시 말하면 문화 이념을 축으로 전개된다는 사실을 뜻한다. 그러므로 성장소설이 취하게 되는 성인식(initiation)에 이르는 각성의 계기가 무엇이며, 성인이 된 후 그가 어떤 삶의 태도를 취하는가 하는 것은 곧 문화사적 조명을 받게 될 것이며 개인의 세계와 집단의 세계 간의 가치관적 간극이 그 문화 이념의 보편적 용량과 위상을 설명해 주는 것이 된다.5)

---

3) 김주연, 「성장소설의 한국적 성취」, 『현대문학』, 1993년 4월, 335쪽.
4) 게오르그 루카치, 『소설의 이론』, 반성완 역, 심설당, 1985, 175-182쪽.
5) 김병익, 「성장소설의 문화적 의미」, 『세계의 문학』, 1981년 여름, 76-77쪽.

형성소설(novel of formation)은 독일어인 Bildungsroman의 번역어6)
로서 마리안 허쉬(Marianne Hirsch)에 의하여 다음 일곱 개의 특성을
갖는 것으로 정리된다.

> (1) 형성소설은 한 중심인물에 초점을 두는 소설이다. 그것은 규정된
> 사회질서의 맥락 속에서 한 대표적인 개인의 <성장>과 <발전>에
> 관한 이야기다. 주인공은 배우고 성장하지만 본질적으로 수동적이다.
> (2) 형성소설은 <전기적>이고 <사회적>인 것과 관련된다. 사회는 소
> 설의 안타고니스트이며 삶의 학교요 경험의 장소다.
> (3) 형성소설의 플롯은 탐색 이야기의 변형이다. 그것은 사회 내에서의
> 의미 있는 존재-내적 수용력의 열림을 촉진시키는 진정한 가치-
> 에의 탐색을 묘사한다.
> (4) 형성소설은 근원적으로 자아의 발전과 관련되는데, 사건은 삶의
> 전체의 사건이라기보다는 개인의 삶을 결정하는 사건들이다. 그
> 투사된 해결은 존재하는 사회에 대한 적응이다.
> (5) 서술적인 시점과 목소리는 1인칭이든 3인칭이든 젊은 시절에의
> 향수보다는 무경험한 주인공에 대한 반어로서 성격이 지워진다.
> (6) 소설의 다른 인물들은 중개자나 해석자와 같은 다소 고정된 기
> 능을 수행한다.
> (7) 형성소설은 교훈적 소설이다. 주인공의 교육을 묘사함으로써 독
> 자를 교육한다.7)

이상의 장르적 모델을 제시하고 있으나 형성소설(novel of formation)
은 성장소설(novel of formation)과 동의어로 쓰이고 있기 때문에 이
는 성장소설의 특성으로 일반화된다.

---

6) 조남현, 『한국 현대소설 유형론 연구』, 집문당, 1999, 62쪽.
7) 마리안 허쉬, "The Novel of Formation as Genre", Genre. Vol.XII. No.3.
   (Oklahoma UP. 1979), 296-298쪽. 이재선 『현대한국소설사 1945-1990』,
   민음사, 1991, 91-92쪽에서 재인용.

입사소설은 이니시에이션 스토리(initiation story)라고 불리기도 한다. 입사소설은 인류학의 주요 개념의 하나인 통과제의를 중심 모티프로 취한 소설 유형이다. 같은 입사소설이라고 하더라도 통과제의를 어떻게 정의하느냐에 따라 조금씩 다른 모습으로 나타난다.[8] 모르데카이 마르쿠스(Mordecai Marcus)에 의하면 <이니시에이션> 소설은 어린 주인공에게 주변 세계나 자기 자신에 대한 인식이나 성격, 또는 그 두 가지에 다 중대한 변화가 일어났다는 것을 깨닫게 해 준다고 말할 수 있다. 그런데 이 변화가 그들에게 성인의 세계를 지시해 주거나 거기까지 이끌어 가야만 한다. 여기에는 어떤 형식의 의식이 들어 있기도 하고 그렇지 않기도 하지만, 들어 있다면 그 의식은 최소한 이 변화가 항구적인 결과라는 증거를 제시할 수 있는 것이라야만 한다.[9] <이니시에이션> 소설은 다양한 경험을 중심으로 하며, 결과적으로 <이니시에이션>의 종류도 다양하다. 마르쿠스는 그 힘의 효과에 따라 이니시에이션을 세 가지로 나눈다.

(1) 시험적인(tentative) 이니시에이션: 성숙과 이해의 문턱까지 가긴 하나 건너지는 않는다. 충격효과만 강조한다.
(2) 불완전한(uncompleted) 이니시에이션: 주인공을 성숙과 이해의 문턱을 넘어가게는 하면서 확실성을 향한 투쟁에 빠뜨리게 한다.
(3) 결정적(decisive) 이니시에이션: 주인공을 확실하게 성숙과 이해의 세계로 이끌어 간다.[10]

이상과 같이 갈라놓았으나 한 편의 소설을 입사소설로 본다고 해도 그것을 시험적인 경우, 불완전한 경우, 결정적인 경우 중 어디에

---

8) 조남현, 『한국 현대소설 유형론 연구』, 63쪽.
9) 모르데카이 마르쿠스, 김병욱 編, 최상규 譯, 「<이니시에이션> 소설이란 무엇인가」, 『현대소설의 이론』, 예림기획, 1997, 623쪽.
10) 조남현, 위의 책, 63쪽.

넣을 것인지는 쉬운 문제가 아니다. 마르쿠스는 "<이니시에이션> 소
설이란 개념은 명확하게 정의 내려 광신만 하지 않고 지각 있게 적
용한다면, 많은 소설작품을 철저하게 이해하는 데에 도움이 될 것이
다. 그러나 그렇게 하지 않는다면, 이것은 감소적이고 오도적인 해석
을 하게 되는 또 하나의 도구 노릇밖에는 하지 못할 것"11)이라고 단
서를 붙인다.

　위의 내용을 종합해 볼 때, 성장소설은 교양소설에 기반을 두고
있는 것으로, 그 장르적 특성 또한 일반화되어 있으며, 성숙의 정도
에 따라 분화된 기준을 적용해 고찰할 수 있다. 그러나 "교양소설은
하도 독일적인 것이어서, 다른 문화권에서는 나올 수도 없을 뿐만
아니라 나온 적도 없다."12)는 지적에 이르면 우리 성장소설에 대한
개념 정립에 있어 서구 소설 유형을 준거로 한 논의에 대하여 다시
금 문제의식을 갖지 않을 수 없다.
　한국 현대 성장소설의 논의에서 용어의 사용은 '성장소설'로 집약
된다. 이재선 교수가 성장소설과 연계되는 것으로서 '형성소설(Novel
of Formation)'13)이라는 용어를 사용하였으나, 구체적 작품의 논의는
이광수의 「무정」, 박완서의 「엄마의 말뚝」 등에 제한되고 있으며, 성
장소설이라는 용어와 동일하게 쓰인다. 그러므로 이 책에서도 역시
외래의 용어가 아니면서 폭넓게 쓰이는 '성장소설'이란 용어로 논의
를 진행한다. 많은 연구자들이 그 논의의 기반을 교양소설(Bildungs-
roman)에 두고 있음에도 '성장소설'이라는 용어를 사용함은 한국 성
장소설 나름대로의 개성을 수용하려는 의도로 파악된다.
　이 책에서는 한국의 현대 성장소설을 前代의 소설 유형으로부터

---

11) 모르데카이 마르쿠스, 「<이니시에이션>소설이란 무엇인가」, 636쪽.
12) 김윤식, 「교양소설의 본질」, 286쪽.
13) 이재선, 『현대한국소설사 1945-1990』, 민음사, 1991, 91-92쪽.

변화된 유형으로 상정하고, 이를 장르적 기반으로 삼으려 한다. 그것
은 형식적 측면과 더불어 소설의 구조에 유력한 변수로 작용해 온
사회·문화적 기반까지도 포함하는 전제이며, 전대 소설의 두 가지
측면을 함께 고려함으로써 한국 현대 성장소설의 실체에 도달할 수
있으리라는 믿음 때문이다.

2. 성장소설의 장르적 기반

한국의 현대 성장소설은 전대의 서사체 및 소설 형식, 즉 신화와
영웅소설, 신소설로 이어져 온 우리 서사문학의 전통적 기반으로부
터 출발, 변형된 소설의 유형으로 볼 수 있다. 성장소설이 주인공의
성장기를 한정적으로 다룸으로써 성장의 양적 질적 성과에 주목하고
있음을 볼 때, 이미 일대기라는 형식을 통하여 한 인간의 성장과정
및 그 굴곡진 삶의 도정을 보여주었던 전대 소설과의 유사성을 깨달
을 수 있다. 또 한국 현대 성장소설이 한국의 문화적 성격과 밀접한
관계 속에서 형성되었음을 고려하더라도 외국의 소설 유형을 기준으
로 하기보다는 우리의 전대 소설로부터 유추하여 논의하는 것이 더
욱 적절하다고 판단된다.

독일의 교양소설을 기준으로 논의할 경우 영향관계에 관한 논의
또한 덧붙여 진행되어야 한다고 본다. 우리와는 문화적 여건이 크게
다른 독일의 소설 유형을 근거로 우리 성장소설을 논의할 때 거의
일률적으로 드러나는 자격요건 미달 또는 수준 미달이라는 한계의
노정은 당연한 결과로서 연구의 성과라 하기에는 미흡하다. 처음부
터 발생여건이나 환경, 문화가 다른 곳으로부터 그 원형을 구하였으

므로 쉽게 예상할 수 있는 결론이며, 그러한 준거로써 논의할 경우 한국 현대 성장소설의 실체를 파악하기 어려우며 그 전망 또한 불투명하여 진전된 연구성과를 기대할 수 없다.

성장소설은 용어의 선택뿐만 아니라 작품의 성격이나 범위 규정에 있어서도 논란의 소지를 가지고 있다. 초기의 논의들이 독일의 교양소설을 기준으로 논의를 진행하였기 때문에 용어나 개념 자체가 생소할 뿐 아니라 마치 1970년대 이후에 갑자기 논의된 소설의 유형처럼 여겨지기 쉽다. 언급된 작품들 또한 1970년대 이후의 작품들이 주를 이루고, 1990년대 이후에야 훨씬 전대의 소설들로 거슬러 올라감으로써 그 개념의 적용 범위나 수용의 폭을 넓혀 놓았다. 고대 신화의 성장 모티프 및 영웅의 일대기 형식과 유사하다는 지적이 있었으나, 그러한 사실을 토대로 한국 현대 성장소설의 정체를 확인하고 소설 유형으로서의 성장소설을 이해하는 데에는 별 진전을 보여주지 못하였다.

그런데 이재선 교수의 「형성적 교육소설로서의 <무정>」14)을 통해 한국 성장소설은 우리 현대소설 전반을 논의의 대상으로 삼을 수 있게 되었으며, 현대소설사의 흐름 속에 산재되어 그 맥을 형성해 왔음을 확인할 수 있었다. 그렇다면 성장소설은 현대소설에서 와서 비롯된 소설의 유형이 아니라 전대의 소설 내지는 서사체로부터 변형된 장르일 것이라는 예상이 설득력을 얻게 된다. 가깝게는 조선조 후기의 영웅소설로부터 주인공의 일대기를 다루는 형식의 서사체 전반을 그 발생 연원으로 탐구해 볼 수 있다. "영웅소설은 본격적인 소설시대를 만드는 주역 노릇을 한 데 그치지 않고 판소리계 소설·신소설 등 후대 소설에 계속 깊은 영향을 미쳤다."15) 그러므로 성장소설은

---

14) 이재선, 「형성적 교육소설로서의 <무정>」, 『문학사상』, 1992년 2월.
15) 조동일, 「영웅소설 작품구조의 시대적 성격」, 『한국 소설의 이론』, 지식산업사, 1977, 272쪽.

시련을 통한 인물의 성장에 초점을 두고 있으므로 고대의 신화나 전
(傳) 그리고 조선조의 영웅소설 및 신소설의 뼈대와도 유사성을 가지
며, 구조적인 면에서 다소 축소, 변형되면서 현대의 사회·문화적 의
식과 지향을 반영해 가는 소설 형태라는 전제가 가능해진다.

> 한국의 신화, 그것도 줄거리로서의 한국신화를 <기틀을 일으켜 세우
> 는 전후과정에 관한 얘기>라고 하면 그 한 속성이 요약해서 잡혀진다.
> 조금 더 구체적으로는 <언제 어디서 누구에 의해서 왕의 집안, 나라
> 그리고 문화의 기틀이 일으켜 세워졌는가> 하는 물음에 답해 나가는
> 과정이라고 말해도 무방하다. 이 경우, 그 비로솜을 일으켜 세우는 주
> 인공의 첫 출현, 그가 일으켜 세워 나가는 과정 그리고 배우자를 얻는
> 절차 그리고 죽음에 이르기까지 문화영웅의 일생담이 일으켜 세우는
> 얘기 줄거리와 시종 어울려서 나아가게 됨으로써 결국 한국 상고대 신
> 화는 그 한 사람의 전기체란 형식을 취하게 된다.16)

신화에서 드러나는 전기체의 형식은 고려시대의 인물전이나 가전
체에 수용되었으며, 조선조의 전자류 소설이나 영웅소설의 유형을
결정짓는 뼈대로서의 구실을 해 왔다고 볼 수 있다. 다만 신화가 문
화영웅의 일생담인 데 비하여 조선조의 영웅소설들은 가문 재건의
영웅들을 다루고 있다는 차이점 때문에 이야기 구조에 있어 초점이
되는 단계나 각 단계마다의 비중은 서로 달라진다. 전기체 소설의
구조는 주인공의 '삶의 의례화'에 따라 달라지는데, "삶의 의례화란
이른바 통과의례 절차에 대응한 삶의 각각 가장 요긴한 순간들의 극
화"17)라고 볼 수 있다. 조선조의 영웅소설들은 통과의례의 각 단계
별 중요도나 첨삭에 있어 신화와는 다른 변수를 동반해 왔으며, 그
원인은 조선조의 영웅소설이 주로 가문을 중심으로 한 개인의 성장

---

16) 김열규, 「서사체로서의 한국 상고대 신화」, 『한국소설사』, 현대문학, 1990, 43쪽.
17) 위의 글, 44쪽.

에 주목하고 있다는 점에서 비롯된다.

> "특정 개인의 성적인 역할과 사회적인 구실이 결정되고 더불어 그
> 심리, 정서적인 발달까지 겸해서 성취되는 이 성년식적인 통과의례의
> 절차에 수반된 서사적인 주지가 개인의 인간형성사에서만 중요한 것이
> 아니라 그를 구성원으로 수용하고 있는 공동체에서도 매우 중요한 일
> 임은 확실한 것이지만 이것이 조선조적인 교양소설이라고도 부를 만한
> 각종 <전자류>의 원형 구실을 다 할 수 있음은 자명한 일이다. 이 경
> 우 교양소설이란 가령, 독일의 <엔트빌둥그스로망>이 그렇듯이 한 개
> 아의 인간적인 성장과정을 기본 줄거리로 삼고 있는 소설을 지칭한다.
> 개인의 사회적·인격적 완성 내지 성장과 함께 집안을 세우고 나라의
> 기틀을 잡는 일은 다소간 변이를 용납한다면 거의 큰 변함이 없는 조
> 선조 교양소설의 정형성을 결정짓게 된다."18)

조선조의 전자류(傳字類) 소설에 대한 교양소설로서의 언급은 현
대 성장소설의 전대 소설과의 밀착된 영향관계를 확신하게 해 주며,
우리의 현대 성장소설을 한국문학사의 기반에서 검토할 수 있는 가
능성을 열어 준다. 한편 신소설의 고전소설과의 긴밀한 연관을 통하
여 고전소설에서 신소설로, 다시 현대소설로 이어지는 소설 유형의
계승을 확인할 수 있다. 신소설의 경우는 "위기-극복-승리의 영웅
소설적 유형구조가 상당수 작품에 내재하여 있다는 점"19)에서 전대
소설과의 긴밀한 연관성을 드러낸다. 신소설은 새로운 시대의 요구
와 외래문학의 영향 속에서 등장했지만, 고전소설로부터 완전히 벗
어날 수는 없었던 것으로 평가된다.

한국의 현대 성장소설이 가지고 있는 고대소설과의 구조적 차이는
시대의 요구에 따른 문화적, 정신적 변화를 반영한 결과로서, 고대소

---

18) 김열규, 「서사체로서의 한국 상고대 신화」, 49쪽.
19) 김흥규, 『한국문학의 이해』, 민음사, 1986, 93쪽.

설에서 신소설로, 근대소설을 거쳐 현대소설로 이행되는 과정에서의 '전위(displacement)'[20]로 해석된다. 영웅소설의 주인공은 언제나 젊은 사람이며, 젊음의 가능성 때문에 벌어지는 고민·투쟁 그리고 승리를 예찬하는 것이 영웅소설인데, 이와 같은 특징은 '영웅의 일생'의 오랜 전통에서 유래된 것이다. 즉, "신화가 각 단계의 양식에 맞게 내려앉는 모습"[21]으로 설명되는데, '영웅의 일생'이 영웅소설과 신소설, 현대소설로 그 시대에 맞게 현실을 반영하면서 변모되었음을 의미한다. 현대 성장소설의 구조는 통과의례의 절차에 따라 '영웅의 일생'이 전위된 형태로서, 현대사회의 변동에 따른 사회·문화적 가치와 이념을 반영하는 내면적 변모를 담지하고 있는 것으로 파악된다.

3. 성장소설의 사회·문화적 기반

한국의 성장소설은 독일의 교양소설을 기준으로 볼 때 성장소설로서의 요건에 미흡하며, "우리의 유교적 문화 기반에서 자아에 대한 탐색과 정체감의 획득을 다룬 성장소설의 성숙은 기대하기 어려운 형편"[22]이었던 것으로 논의된다. 이는 또한 유교적 세계관이 붕괴되면서 사회공동체적 이념의 형성이 불가능했던 시대적 상황에서 기인하는 것이기도 하며, 한편으로는 가족중심의 문화 때문[23]인 것으로

---

20) 노드롭 프라이, 『Anatomy of Criticism』, 임철규 역, 한길사, 1982, 187-189쪽.
21) 권택영, 『소설을 어떻게 볼 것인가』, 문예출판사, 1995, 122쪽.
22) 김병익, 「성장소설의 문화적 의미」.
23) 김병익의 「성장소설의 문화적 의미」, 최인자의 「성장소설의 문화적 해석」, 최현주의 「한국 현대 성장소설의 서사 시학 연구」, 천이두의 「성장소설의 계보와 실상」 등의 논의에서 유교적 세계관 및 가족중심주의

지적된다. 신화는 물론 조선조의 영웅소설이 집안을 일으켜 세우는 영웅의 일생담으로서, "한국 서사문학 전반에 걸친 가족주의는 문화 전반의 가족주의만큼이나 그 두드러진 양상"24)을 드러낸다는 지적으로 미루어 볼 때, 한국 성장소설이 가족중심의 유교적 세계관과 얼마만큼 밀착되어 있는가를 짐작할 수 있다. 이는 문학작품이 사회·문화적 산물임을 감안할 때 당연한 결과이며, 현대 성장소설이 문화적 기반도 역시 전대의 서사체로부터 이어받았음을 확신하게 한다.

가족중심의 문화적 기반은 한국 성장소설의 논의를 위한 출발점이 될 수 있다. 특히 성장기를 다룸으로써 가족과 밀착된 정서를 내보이는 성장소설에서 가족구조의 변모과정은 성장소설의 내적 변화를 파악할 수 있는 단서가 된다. 또한 전대의 서사체가 보여주는 일대기 형식이라는 구조와 가족중심의 문화가 서로 밀착된 관계를 형성하고 있었기 때문에, 성장소설은 시대의 변화에 따른 두 측면의 관계구도에 따라 변모되었을 것으로 추정된다.

한국의 통과의례인 관혼상제에는 출생의례가 제외되어 있다. 출생의례에 대한 관심이 약화되어 왔음을 뜻하며, "자연적 출생보다 사회적 성원으로서의 출생이 중시되었기 때문에 출산의례가 사례에서 제외되었던 것"25)으로 해석된다. 즉, 신이한 출생에 주목하던 상고대 신화에 비하여 영웅소설의 주인공은 고귀한 신분의 만득자로 태어나고, 신소설 이후 현대소설에서는 평범한 인물이 등장하되 일대기 형식이 축소되어 출생에 대한 언급이 점차 사라지게 된 것이다. 신성성을 가진 인물의 신성한 업적으로부터 영웅적 탄생일화를 가진 인물의 영웅적 공로로, 다시 평범한 인물의 평범한 성장으로, 출생과 성취가 동일한 수준으로 변모하는, 신화의 '내려앉기'가 현실적으로

의 한계를 지적하고 있다.
24) 김열규, 「서사체로서의 한국 상고대 신화」, 43-44쪽.
25) 오출세, 『한국서사문학과 통과의례』, 집문당, 1995, 64쪽.

반영되는 과정을 보여준다. 또한 "영웅소설은 집단적 질서의 위기와 개인의 위기를 함께 다루지만, 자아와 세계의 심각한 대결은 개인적 위기에 관한 것이다. 이런 의미에서 영웅소설은 개인주의적인 의식을 보여준다."[26] 그러므로 성장소설은 전대 소설로부터의 형식적·세계관적 영향을 함께 수용하고 있는 것이다.

  성장소설을 통과의례의 단계에 따라 세 국면으로 나누어 논의할 때, 가족중심주의는 분리의 단계에서 지대한 영향력을 가지며, 주인공이 주로 소년기에 위치하고 있다는 점 때문에 가족관계를 중심으로 한 성장의 여건은 커다란 변수로 작용한다. 그러나 통합의 단계에 이른 주인공의 성장이 가족에 대한 집착이나 가족 내에서의 존재 확인에 머무를 경우 가족중심주의는 한계로 지적될 수 있다. 성년식이란 이른바 어머니의 세계로부터 분리되어 사회인으로 입문하는 절차인데, 가족구성원으로부터 사회인으로서의 인식 변화에 도달하지 못한다면 성장 미달로 간주될 수 있기 때문이다. 한국 현대소설은 일제 강점기 및 육이오 전쟁 등의 혼란기를 통하여 파손되고 굴절된 민족정서를 반영해 왔으며, 성장소설 또한 예외가 아니다. 전대의 소설 형식들 또한 국가적 현실과 무관하지 않았고 국가의 위기를 맞을 때마다 가족구성원이 뿔뿔이 흩어지거나 일부 구성원을 유실함으로써 고난에 빠지곤 하였다. 고난 극복을 통해 가족 및 가문의 명예를 회복하려는 전대 소설의 욕망은 현대로 오면서 그 강도가 점점 약해져 왔다. 신소설에서 이미 가족으로부터 이탈된 개인의 행복 찾기로 그 관심이 이동되었으며, 이광수의 성장소설은 고아의식을 바탕으로 함으로써 가족이라는 구속력으로부터 탈피하려는 의식을 보여준다. 한국 성장소설은 일제 강점기의 수탈과 징용 또는 전쟁으로 가족이 해체의 위기에 봉착함으로써 한쪽으로는 가족주의에의 집착을 강화

---

26) 조동일, 「영웅소설 작품구조의 시대적 성격」, 401쪽.

하고, 다른 한쪽으로는 상처투성이인 가족주의로부터의 탈피를 모색하는 핍진한 노력을 계속해 왔다. 이른바 전후세대 작가들의 성장소설은 비교적 가족주의로부터 유연한 몸짓을 보이며 개인의 자아로 눈을 돌리는 현상을 드러내고 있다. 90년대 젊은 세대 작가들에 의하여 발표된 성장소설들이 유교적 세계관이나 가족주의로부터 이탈 또는 가족중심주의의 약화를 반영하고 있음은 개인주의의 보편화와 가족으로부터의 자발적 분리 독립이 가능해진 현대사회의 구조 변화 때문인 것으로 해석된다.

가족중심주의 문화는 한국 현대 성장소설의 저변으로 작용하면서 근대화에 따른 의식의 변화를 수용해 왔으며, 사회적 여건에 의하여 굴절되는 모습을 보인다. 사회적 여건의 변화는 가족의 구조 및 가치관의 변화를 초래함으로써 성장기의 주인공에게 지대한 영향을 미친다. "개인의 성장과 자아실현은 단독의 힘으로 되는 것이 아니라 문화의 틀의 영향을 받고 이루어지는 것이므로, 개인의 성장과 문화의 형성은 상호의존 관계를 가졌다고 보아야 할 것이다."27) 성장소설의 주인공들은 유년기, 소년기에 위치해 있다는 점 때문에 사회·문화의 직접적인 영향으로부터 거리를 확보할 수 있는 위치에 서기도 하지만 그들이 사회인으로 전환해 가는 도정에 놓여 있다는 점 때문에 한편으로는 더 심각한 영향권 내에 노출될 수도 있다.

골드만의 장르론에 따르면, 소설의 구조와 그 소설을 탄생시킨 사회구조 사이에는 相同性(homologie)이 있다. 즉, 소설의 구조는 단지 사회를 반영하는 것이 아니라 사회구조가 그러한 소설의 구조를 배태시킨다는 것이다.28) 사회구조의 변화가 가족구조의 변동을 초래하고, 사회구조의 여건에 따라 소설의 구조 또한 영향을 받게 마련이

---

27) 김태길, 「한국의 밝은 내일을 위하여」, 『한국사회와 시민의식』, 문음사, 1988, 284쪽.
28) 우한용, 『한국현대소설구조연구』, 삼지원, 1990, 80쪽.

다. 한국 성장소설에 반영되는 사회구조적 측면이란 무엇보다도 안정된 가족구조 속에서 보장되어 온 경제적 기반의 상실로 압축될 것이다. 소설 형식이란 "시장생산에 의해 이루어진 개인주의적 사회 내에서의 일상생활을 문학적 차원으로 전환시키는 것"[29]이듯, 사회적 여건의 변화는 성장소설의 세계관 형성과 밀접하게 관련된다. "사회가 전통사회적 체계를 벗어나서 산업화, 도시화될 때 사회 분화와 확대에 따른 기능의 다양화가 촉진되고, 이에 따라 사회구성원 간의 이질성은 점점 더 커진다. 이것은 곧 가치관과 규범의식의 다양화를 촉진할 뿐만 아니라 그것의 내용도 변화시키기 마련이다."[30] 한국 성장소설은 가족중심주의 문화 및 근대화에 따른 사회적 여건을 수렴하면서, 성장소설로서의 내적 구조를 확립해 가고 있는 것이다.

　이 책은 이러한 기반으로부터 출발하며 최초의 근대소설로 평가되는 이광수의 「무정」을 비롯하여 1990년대의 작품인 박완서의 「그 많던 싱아는 누가 다 먹었을까」 등 여덟 편의 장편소설을 분석하되, 각 작품의 성장 단계별 주지 및 지향점을 탐색하고, 나아가 사회·문화적 여건에 따른 성장소설의 구조 변화를 고찰하고자 한다.

---

29) L. 골드만, 『소설사회학을 위하여』, 조경숙 譯, 청하, 1982.
30) 김동일, 「한국사회와 인간, 무엇이 문제인가」, 『한국사회와 시민의식』, 문음사, 1988, 26쪽.

제2장
성장소설 연구의 성과 및 접근방법

1. 선행 연구물 정리 및 검토

　한국 현대 성장소설에 대한 논의는, 개념적 접근으로부터 시작하여 주로 두세 편의 작품을 대상으로 성장소설로서의 가능성 및 한계를 지적하는 방식으로 진행되어 왔으며, 1970년대에 이르러 비로소 그 논의가 싹을 틔웠다고 할 수 있다.

　김윤식은 「幼年時節을 그린 두 개의 小說」[31]에서 외국어로 쓰인 강용흘의 「草堂」과 李儀景[이미륵]의 「鴨綠江은 흐른다」에 대한 논의를 시도함으로써 관심을 유도한다. 그러나 두 작품이 모두 외국어로 쓰였다는 점 때문에 조심스럽게 접근하고 있으며, 발표지가 각각 미국과 독일인만큼 미국적인 모험소설, 독일의 교양소설과의 관련성에 주목하였다. 이후 「교양소설의 본질」[32]에서 독일 교양소설에 대한 구체적인 논의를 전개함으로써 우리 성장소설의 용어나 작품의 성과를 논의하는 데 있어 교양소설이 하나의 잣대로 등장하는 교두보를 마련한다.

　이상우는 성년식 소설을 논의하면서[33] 성년식 소설(initiation story)의 정의를 두 종류로 요약한다. 하나는 외부세계에 대해 별로 아는 것이 없던 순진한 젊은이가 중대한 경험을 통해 성숙을 이루는 과정

---

31) 김윤식, 「유년시절을 그린 두 개의 소설」, 『사상계』, 1970년 3월.
32) 김윤식, 「교양소설의 본질」.
33) 이상우, 『현대소설의 원형적 연구』, 집문당, 1985, 142-152쪽.

의 이야기 유형을 말하고, 다른 하나는 채 성숙을 이루지 못한 젊은
이가 인식 능력의 한계, 감내 능력의 한계, 도덕적 통찰 능력의 한계
를 느끼고 좌절되었을 때, 상징적인 죽음과 재생이라는 일련의 제의
적 행위를 통해 자기를 되찾음으로써 인생 또는 사회에 새롭게 잘
적응하게 되는 소설을 가리킨다. 김승옥의 「서울 1964년 겨울」은 전
자로, 전상국의 「우리들의 날개」는 후자에 드는 작품으로 논의하고,
이 두 작품이 M. 마르쿠스의 시험적 이니시에이션, 未完的 이니시
에이션, 決定的 이니시에이션이라는 세 가지 유형 중 未完的 이니시
에이션에 속하는 것으로 간주하고 있다.

이재선은 『한국현대소설사 1945-1990』[34])에서 전쟁 체험의 성장소
설을 논의하면서 성장소설(Bildungsroman)과 연계되는 것으로서 형성
소설(Novel of Formation)을 소개한다. 또한 마리안 허쉬에 의한 형성
소설의 특성을 제시하고, 박완서의 「엄마의 말뚝」을 형성소설로, 이
문열의 「젊은 날의 초상」을 성장소설 내지는 발전소설 및 형성소설
의 복합적 면모를 지닌 작품이라고 언급한다. 한편 「형성적 교육소설
로서의 <무정>」[35])에서는 「무정」을 페미니즘 텍스트로 상정하고, 그
장르적 성격을 논의함에 있어 시련소설(Novel of ordeal)과 교양소설
(Bildungsroman) 및 교육소설(Erziehungsroman)이 복합, 혼용된 일종
의 형성소설이라고 보았다. 「무정」은 청산되지 못한 계몽주의적 교훈
성이라는 한계점을 가지고 있기는 하지만, 근대 초기의 대표적인 페
미니스트 텍스트로서 형성소설이란 장르 형태의 한 가능성을 틀 잡
았다는 점에서 소중한 위치를 차지한다고 지적한다. 즉 「무정」이 이
후 전개될 형성소설의 선구적 모형 내지는 출발점으로서의 의의를
갖는다고 평가하고 있는데, 이로써 성장소설 논의는 「무정」으로까지
거슬러 올라가고 그 범위가 현대소설사 전반으로 확대되기에 이른다.

---

34) 이재선, 『현대한국소설사 1945-1990』.
35) 이재선, 「형성적 교육소설로서의 <무정>」.

한국 현대 성장소설은 이상에서 제시된 세 가지 유형에 근거하여 논의가 진행된다. 교양소설, 성년식 소설 그리고 형성소설이 그것인데, 용어의 사용은 '성장소설'로 집약되고 그 의미는 세 가지 유형을 포괄적으로 수용한다. 또한 한국 현대소설 전반을 논의의 대상으로 하여 성장소설의 연구를 진척시킨다.

남미영은 「한국 현대 성장소설 연구」36)에서 1900년부터 1990년까지 발표된 한국 현대소설 중 어린 주인공이 성숙해 가는 과정을 그린 소설이 200여 편에 이른다고 언급하였으며, 성장소설로서의 요건을 갖춘 80여 편의 작품을 성장 모티프에 따라 분류하여 논의하였다. 性에 눈뜸, 죽음의 인식, 환멸과의 만남, 악의 체험, 아버지 찾기, 길의 발견이라는 여섯 개의 모티프를 설정하고, 김유정의 「동백꽃」(1930)으로부터 시작하여 김주영의 「어린 날의 肖像」(1990)까지 80편의 작품을 이에 따라 나누어 논의함으로써 성장소설의 유형을 정리하였다. 또한 분석의 결과로서 성장소설의 서사문법을 요약 제시하고 있다. 첫째, 한국 성장소설은 빌둥스로망으로부터 내용을, 이니시에이션 스토리로부터 구조와 형식을, 탐색담으로부터 구조의 일부를 빌려 왔다. 둘째, 한국 성장소설은 집단적·외부적 충격에 의한 각성을 다루고 있으며, 개인적·내부적 원인은 性의 발견에서만 나타난다. 셋째, 한국 성장소설은 二元構造를 기본 구조로 한다. 넷째, 이야기하는 시간과 이야기되는 시간이 일치하지 않는다. 다섯째, 성장소설은 주인공의 성장과 함께 독자의 성장을 유도하므로 청소년 성장에 교육적 효과가 큰 소설로 판단된다는 결론에 도달하고 있다. 이 논문은 성장소설 전반에 관한 연구로서 후대의 작품들에 집중되었던 관심과 단편적인 논의를 현대소설 전반으로 확장하여 성장소설을 하나의 장르로 인식시키는 데 기여하였다.

---

36) 남미영, 「한국 현대 성장소설 연구」, 숙명여대 박사학위논문, 1992.

최현주는 「한국 현대 성장소설의 서사 시학 연구」[37]에서 한국 현대 성장소설의 전개와 정립 양상을 모티프별로 파악·제시하고, 서사 구조 양상을 심층구조 및 담론특성으로 구분하여 분석한 후 한국 현대 성장소설의 서사 시학을 추출하여 그것에 문화적 해석을 가하고 한계를 지적한다. 90여 편의 한국 현대 성장소설 중 20여 편의 대표작을 선정하여 논의를 진행하며, 가족 붕괴와 동일성의 상실, 악과 죽음의 발견과 세계에 대한 환멸, 성적 정체성의 확인 등으로 나누어 한국 현대 성장소설의 전개 양상을 고찰하고 있다. 또한 여성성장소설로 강신재의 「젊은 느티나무」, 오정희의 「유년의 뜰」, 박완서의 「엄마의 말뚝」을 포함시켰다. 논의의 결과로서, 한국 현대 성장소설이 자아의 정체성 문제를 심도있게 탐색한 소설 유형으로서 의의를 가지며, 근대적 자아의 모습이 서구 편향적이라는 점과 가족주의에의 함몰은 한계라고 지적하였다.

한편 한국 현대 성장소설의 계보를 설정하고 통시적 흐름과 변화를 조명하려는 논의가 시도된다. 천이두는 「성장소설의 계보와 실상」[38]에서 한국 현대 성장소설의 흐름은 이광수의 「무정」(1917)을 위시하여 염상섭의 「삼대」, 김남천의 「대하」(이상 30년대), 한설야의 「탑」, 이태준의 「사상의 월야」(이상 40년대), 그리고 근래의 황순원의 「신들의 주사위」 등등 단속적으로 이루어져 왔다고 보고 논의를 진행한다. 「대하」와 「사상의 월야」를 「무정」과 대비시키는 논의를 통하여, 한국의 성장소설은 일종의 고아의식을 기반으로 하며, 恨의 모티프를 발견할 수 있고, 가족과의 숙명적 유대 속에서 성장의 궤적을 쌓아 나가면서 성장의 지향점을 공인적 소명의식에 두고 있다고 결론짓는다.

류보선은 「사생아, 자유인, 편모슬하」[39]에서, 한국의 근대문학이

37) 최현주, 「한국 현대 성장소설의 서사시학 연구」, 전남대 박사학위논문, 1999.
38) 천이두, 「성장소설의 계보와 실상」, 『우리 시대의 문학』, 문학동네, 1998.
39) 류보선, 「사생아, 자유인, 편모슬하」, 『문학동네』, 1999년 여름.

인간 주체의 성장을 가로막는 조건으로 무엇을 설정하고 있는가 하는 점과 각각의 성장주체가 성장의 장애요소를 어떻게 넘어서며 어느 순간을 성장의 완성이라고 설정하는가 하는 점에 주목하여, 이광수의 「무정」과 최인훈의 「광장」, 박완서의 「그 많던 싱아는 누가 다 먹었을까」에 대한 논의를 진행한다. 「무정」의 주인공은 이전부터 이어져 내려오던 전통적인 삶의 방식을 모두 거부하고 서구라는 의붓아비의 아이로 성장하였으며, 「광장」의 주인공은 자신의 내면성을 조화시킬 어떠한 공동체, 어떠한 가능성도 찾아내지 못하고 현실에 대한 환멸에 빠져들었으며 이 환멸의 성장과정이야말로 한국 근대문학의 진정한 성장의 기록이라 할 만하다고 지적한다. 또한 「그 많던 싱아는 누가 다 먹었을까」의 작중 화자는 꿈과 현실, 이념과 생활세계, 대의명분과 생의 본능적 인식이라는 두 축 사이에서 갈등하고 방황하면서 자신의 개념을 고수하는 대신 자신의 내부세계를 낯선 외부세계에 끊임없이 유사하게 하려는 미메시스 정신의 소유자가 되었다고 평가하면서, 90년대에 들어 두드러진 여성작가들의 성장의 기록을 토대로 한국 근대문학사에 또 다른 성장의 유형이 등재될 것임을 예감한다고 언급한다.

한국 현대 성장소설의 의미를 사회 문화적 연관 속에서 짚어 내려는 논의는 한국 성장소설이 배태된 여건을 토대로 성장소설의 의의를 천착하려는 시도로서, 한국 현대 성장소설 논의의 흐름을 주도한다. 몇몇 작품들에 대한 비평의 형식으로 진행되어 온 이러한 논의는 성장소설의 문화적 의미를 염두에 두면서 개별 작품들의 성장소설 가능성을 타진하고 한국 현대 성장소설의 경계를 모색한다.

김병익은 「성장소설의 문화적 의미」[40]에서 김주영의 「아들의 겨울」, 이성우의 「떠다니는 뿌리」, 최인호의 「내 마음의 風車」 등 세 작품

---

40) 김병익, 「성장소설의 문화적 의미」.

을 대상으로 성장소설의 카테고리를 정리하고 그 문화적 의미를 밝히는 데 주력하였다. 이 논의에서는 성장소설(혹은 발전소설(Entwicklungsroman))이 교양소설(Bildungsroman)과 동의어로서, 한 개인의 성장과 자각이 그것을 가능하게 한 사회의 보편적 가치, 그것의 소산인 교양, 다시 말하면 문화 이념을 축으로 전개된다는 사실을 뜻한다고 지적하고 성장소설을 통해 우리 문화의 이념과 지향을 밝혀내고자 한다. 또한 강용흘과 이미륵의 소설이 식민지시대부터 진전되어온 우리 성장소설들이 그것을 배태한 우리의 문화적 정황을 어떻게 드러내고 있으며, 그 주인공들이 세계와 자아와의 갈등을 의식하게 되는 입사의 계기가 무엇으로 설정되어 있고 그것은 어떤 의미를 지니는가에 관심을 두고 있다. 논의의 결과 한국 현대 성장소설은 서구적인 의미의 교양소설로 전환되기 위해 요청되는 문화적 보편성의 정착을 보여주지 못하고 있으며, 주인공들의 이니시에이션이 자아의 내면적 발전과 기성세계와의 부딪침에서 빚어지는 갈등을 통해서가 아니라 외부적 현실이 가한 충격으로 말미암은 세계의 잔혹한 진상에 대한 깨달음을 강요받는 데서 이루어지고 있음을 확인한다. 그러나 한국 현대 성장소설이 그것을 허락하지 않는 문화 속에서 전개되어 왔다고는 해도, 우리 문화가 점차 보편적 이념을 획득해 갈 수 있는 가능성을 감지케 한다는 다소 희망적인 결론을 제시하였다.

또한 그는 「고통에의 기억과 창조에의 고통」[41])이라는 글을 통하여 90년대적 성장소설의 범주로서 이순원의 「우리들의 석기시대」와 장정일의 「아담이 눈뜰 때」를 묶어 논의를 진행한다. 이 작품들은 이청준과 김원일, 김주영 등 60년대 세대들의 성장소설들과 비교할 때, 기성사회로의 입사 연령과 그 계기를 달리함으로써 앞 세대와 새 세대 간의 성장의 시대적 차이를 드러내고 있다고 지적한다. 90

---

41) 김병익, 「고통에의 기억과 창조에의 고통」, 『문학과 사회』, 1992년 가을.

년대의 두 젊은 작가는 억압에 저항하고 혹은 그것을 앓음으로써 성
인세계로의 성장의 계기를 찾아내는데, 그 성숙의 계기를 정치와 성
이라는 상반된 지향에서 발견함에도 불구하고 두 주인공이 문학을
선택한다는 점에 주목할 필요가 있다는 것이다. 이순원과 장정일의
성장소설은 예술가의 길을 선택함으로써, 발전소설의 가능성을 열면
서 부정적일 수밖에 없는 오늘의 상반된 두 전환기적 풍경 속에서
우리 삶의 진정한 지향의 의지를 드러내고 있다고 평가한다.

최인자의 「성장소설의 문화적 해석」42)은 윤흥길의 「장마」와 김원
일의 「노을」을 성장소설의 틀로 해석하면서, 전쟁과 분단 상황에서
의 세대는 어떤 계기를 통해 정체성에 이르게 되며, 이에 작용한 문
화적 원리는 무엇인가에 관심을 집중하고 있다. 논의의 결과 이 두
작품에서 우리 시대의 기성세대가 체험한 유년기의 자아 인식에서
그것의 바탕을 이루는 사회 문화적 압력을 확인할 수 있으며, 주인
공의 의식이 '가족구성원'이라는 정체감으로 완결된다는 점은 극단
적 상황에서의 일종의 퇴행심리라고 진단한다.

황종연은 「성장소설의 한 맥락」43)에서 현대 성장소설들에서 보이
는 편모슬하의 고행에 대하여 논의한다. 김주영의 「고기잡이는 갈대
를 꺾지 않는다」, 송기원의 「나에게 오라 너에게 가마」, 장정일의 「아
담이 눈뜰 때」를 대상으로, 우리 소설의 특수한 역사적 경험과 문화
적 조건 속에서 개인의 성장을 문제화하는 방식에 주목하고 그것의
맥락을 그것대로 존중하여 이해할 필요가 있다고 전제하면서, 그러
나 모더니티를 조건으로 하는 개인의 성장에 관한 탐구로서는 만족
스럽지 못하며, 개인의 발전과 사회적 제휴의 창출이 연계되지 못하
고 사적인 삶의 일화에 치중됨을 아쉬움으로 지적한다.

김경수는 「여성성장소설의 제의적 국면」44)에서 오정희의 「바람의

---

42) 최인자, 「성장소설의 문화적 해석」, 『문학과 논리』 5호, 태학사, 1995.
43) 황종연, 「성장소설의 한 맥락」, 『문학과 사회』, 1996년 여름.

넋」과 박완서의 「나목」, 서영은의 「사다리가 놓인 창」을 중심으로
여성성장소설의 양상을 통해 성장소설에 대한 이해의 폭을 넓히고
문화적 징후를 해석하는 계기를 마련하고자 한다. 여성성장소설은
텍스트 안과 밖을 막론하고 현존하고 있는 가부장제라는 이중적인
배경 속에서 前景化되어 있는 여성들의 고통스런 성장의 기록이며,
남성성장소설에 비하여 한결같이 이야기 시간과 담화 시간이 일치하
는 미해결의 플롯 유형을 드러내는 것 역시 문화적 이데올로기로서
의 가부장제하에서의 피치 못할 결구라고 지적한다. 또한「성장소설
의 새로운 모색」45)에서는 최시한의 「모두 아름다운 아이들」을 통하
여 성장소설은 성장주체가 의식의 위기를 자각하고 그 위기를 건너
는 과정을 전경화시켜 보여주기도 하지만, 동시에 그들이 성장을 이
룰 배경으로서의 제반 사회적 토대의 진면목을 우리에게 보여주기도
한다고 강조한다. 이 작품은 고등학교라는 제도적인 학업의 울타리
가 더 이상 사회와 절연된 완충지역이 아니라는 것, 그리고 그런 만
큼 이들을 바라보는 우리 사회의 시각 자체가 우선적으로 문제시되
어야 한다는 점을 역설한 것이라고 평가한다.

　이외에도 한국 현대 성장소설의 가능성과 의미를 진단하려는 논의
들이 개별 작품을 대상으로 다양하게 진행된다. 조남현은 「성장소설
의 한 한국적 실례」46)에서 한 작품을 대상으로 소설 유형론의 판정
을 내리는 데 있어 장편은 단편과 달리 여러 시각으로 받아들여야
한다고 전제하면서, 조성기의 장편 「自由의 鐘」을 자전적 소설, 성
장소설(Bildungsroman, Erziehungsroman), 종교소설 또는 캠퍼스소설
이라는 유형에 집어넣을 수 있다고 본다. 발전소설, 교양소설 등으로

---

44) 김경수, 「여성성장소설의 제의적 국면」, 『현대소설의 유형』, 솔, 1997.
45) 김경수, 「성장소설의 새로운 모색」, 『문학과 사회』, 1997년 봄.
46) 조남현, 「성장소설의 한 한국적 실례」, 『삶과 문학적 인식』, 문학과지성
　　사, 1988.

일컬어지기도 하는 성장소설은 한마디로 정신적인 면에서의 성장과
정을 그린 것이라고 풀이하고, 이 작품의 주인공인 '나'의 변화과정
이나 모색과정이 성장소설의 전형적인 플롯과 일치한다고 평가한다.

또한 이남호는 「70년대 젊음의 성장」[47]에서 조성기의 『야훼의 밤』
3부작 중 「갈대바다 저편」과 「라하트 하헤렙」을 성장소설로 상정한
다. 그러나 이 두 편의 작품이 자전적 성격이 강하다는 점, 기독교적
상상력으로 쓰였다는 점, 성숙의 단계가 분명하지 않다는 점, 시대
상황과의 연계성을 암시하고 있다는 점에서 일반적 의미의 성장소설
과는 달리 성장소설, 종교소설, 상황소설, 자서전 등으로 읽힐 수 있
다고 서술한다. 서구의 대표적 성장소설인 괴테의 「빌헬름 마이스터」,
토마스만의 「마의 산」, 서머셋 모옴의 「인간의 굴레」 등이 세계 안에
서 한 개인이 주체적으로 살아간다는 것이 무엇인가를 다루고 그것
이 삶의 근원적 문제로 발전되는 것과 대조적으로, 우리 문학에서는
이러한 문제에 대한 관심이 드물기 때문에 「갈대바다 저편」과 「라하
트 하헤렙」은 주목되는 작품이라고 역설하고 있다. 특히 「라하트 하
헤렙」은 성인식이라는 통과의례를 다루고 있어 성장소설의 성격을
강하게 띠고 있으며, 군대라는 공간과 기독교라는 공간 속에서 성인
식이 이루어진다는 특이한 배경 설정에 관심을 두고 있다.

한편, 장경렬은 성장소설의 개념이 새로운 종류와 형태의 소설에
의해 무한히 재규정되고 확산될 수 있는 것이라고 전제하면서, 성장
소설을 단순히 한 인물의 유년기나 소년기의 체험을 그린 소설로 보
는 경향은 지양되어야 한다고 주장한다. 「반(反)성장소설로서의 성장
소설」[48]에서 그는, 어떤 인물의 성장과정을 추적하거나 어린 시절의
체험을 그린다고 해서 모두 성장소설이라고 할 수 없으며 무엇보다
도 작중 인물이 겪는 정신의 위기와 이에 따른 자아의 각성, 나아가

47) 이남호, 「70년대 젊음의 성장」, 『문학의 위족』, 민음사, 1990.
48) 장경렬, 「반(反)성장소설로서의 성장소설」, 『작가세계』 1991년 가을.

자아와 세계 사이의 관계 정립이 요구된다는 구속력 있는 개념 정의를 시도한다. 김주영의 「고기잡이는 갈대를 꺾지 않는다」를 문제적인 작품으로 검토하고 있는 이 논의에서는, 성장을 멈추거나 잃어버린 채 성장의 과정을 거쳐 가는 소년을 다룬 이 작품이 통념적인 성장소설과는 다른 새로운 종류의 성장소설로서 인식될 때 비로소 논의가 가능한 反성장소설로서의 성장소설이라고 규정한다.

김주연은 「성장소설의 한국적 성취」[49]에서 김원일의 「늘 푸른 소나무」에 대하여 한 개인의 내면적 성장과 동요하는 사회와의 만남이라는 19세기적 명제가 20세기 한국사회를 배경으로 자연스럽게 구현되고 있음을 지적한다. <늘 푸른 소나무>로서 인식되는 이 성장소설의 주인공을 통하여 이 작품은 소설 전체를 덮고 있는 암울한 시대적 분위기에도 불구하고 유례없는 맑은 정기를 길어 올린다고 평가하고 있다.

성장소설에 관한 논의는 90년대에 이르러 본격적으로 광범위하게 진행되고 있으며, 논의의 대상도 한국 현대소설 전반으로 확장됨으로써 성장소설이 명실 공히 하나의 장르로서 연구될 수 있는 토대를 마련하였다. 그러나 연구의 성과는 아직 미흡한 상태이며, 체계적인 논의와 심도 있는 연구결과의 축적이 요구된다.

2. 성장소설의 내면구조

이 책에서는 한국 현대 성장소설의 구조와 위상을 탐구하기 위해 통과의례의 단계인 분리(separation) - 전이(transition) - 통합(incoporation)[50]

---

49) 김주연, 「성장소설의 한국적 성취」.
50) A. 반겐넵, 전경수 역, 『통과의례』, 을유문화사, 1985.

의 과정에 따라 작품 분석을 시도한다. 통과의례라 함은 의례의 각
단계에 따른 예식을 동반하는 것으로서 원시부족이나 종교단체의 비
밀스러운 결사 등에 남아 있을 뿐 현대에 와서는 그 실존을 확인하
기 어려운 형편이다. 우리나라의 경우 관혼상제의 의례를 통과의례
라고 하는데, 갑오경장 때 단발령으로 갓 대신 모자를 썼고, 신식 교
육의 보급과 외래 사조의 영향으로 조혼의 풍습이 없어지자 관례는
혼례식에 포함되었기 때문에, 성년식이라는 의미로서의 통과의례에
대한 의식은 빈약한 편이다. 그러나 현대인의 삶에도 통과의례에 준
하는 상징적 의미의 장치들이 설정되고 있으며, 성장소설이 시련을
통하여 성인의 사회로 전이되는 서사구조의 성격을 가진다는 점에서
통과의례의 단계를 적용한 논의가 가능하다.

> 한 집단에서 다른 집단으로의 전이나 한 사회적 상황에서 다른 상황
> 으로의 전이는 인간이 존재한다는 사실 자체에 벌써 내재되어 있는 것
> 이다. 따라서 인간의 생활은 비슷한 끝과 시작의 연속적 단계―출생,
> 사회적 사춘기, 결혼, 아버지가 되는 것, 상층 계급으로의 이동, 직업적
> 전문화, 죽음―로 이루어져 있다. 이런 하나하나의 사건에서 의식이 행
> 해진다. 이러한 의식의 근본적인 목적은 개인이 어떤 명백한 지위에서
> 또 다른 명백한 지위로의 통과를 가능하게 하기 위한 것이다. 목표가
> 같기 때문에 개개의 의식에 있어 의식을 수행하는 방법들이 구체적으
> 로는 같지 않더라도 어떤 경우에서든지 비슷하게 나타날 것이다. 왜냐
> 하면 여러 단계를 통과하거나 여러 경계를 건너게 됨으로써 관련된 개
> 인이 적응하여야 하기 때문이다.[51]

통과의례의 단계를 작품 분석의 기본 틀로 하되, 작품의 세계관을
형성하는 사회·문화적 조건을 기반으로 각 단계의 특성이나 의의를
논의하고자 한다. 분리의 단계는 입문자가 그들을 돌보아오던 어머

---

51) A. 반겐넵, 「통과의례」, 29-30쪽.

니의 세계로부터 통과의례의 장으로 옮아감을 의미하는데, 한국 성장소설에 있어 이 부분은 가족관계의 변동으로 나타난다. 한국 성장소설의 주인공의 분리 단계 연령은 대체로 십 대 초반으로 나타나는데, 한국의 사회는 가부장적 가족이데올로기로 인하여 소년 주인공에 대한 통제와 보호의 강도가 극대화되었던 만큼 분리의 수용은 순탄하지 못하였다. 분리의 의례에서 "때로는 초입자의 어머니와의 관계가 상당 기간 지속되기도 하나, 결국 대개 폭력적으로 그의 어머니로부터 분리"[52]되었던 관습들에서처럼 분리 단계의 강제력 개입은 보편적 상황으로 받아들여질 수 있다. 한국 성장소설에서 주인공의 분리는 가족의 전부 또는 일부 상실로부터 비롯된다. 고아가 되거나 한쪽 부모 또는 가족구성원의 일부를 상실하는 게 보통이며, 이로 인하여 주인공들은 정체성의 위기를 맞는다. 이 분리의 단계는 그 다음 단계와 인과적 관계로 파악되는데, 가족이 건재하는 가운데 시행된 자발적인 분리가 아니라는 점에서 콤플렉스를 형성하고 주인공이 통합의 단계에 도달하기까지의 과정을 굴절시킨다.

두 번째 단계는 교육과 훈련을 통한 전이의 과정인데 성장소설에서도 이 부분은 갈등과 고통을 수반하는 시련으로서의 성격을 가진다. 시련의 내용과 강도는 작품에 따라 다양하게 나타날 수 있지만 분리 단계의 환경 및 가치관과 밀접한 관련을 가지며, 작품 속에서는 주인공이 콤플렉스의 극복을 모색해 가는 형태로 반영된다. 콤플렉스의 내용은 다양하게 드러나지만 혈연관계로부터 빚어지는 열등감에서 정치·경제의 논리에 따르는 소외와 위축감으로 변해 가는 현상을 보인다. 이 단계에서는 특히 주인공의 성장 체험 연령이 변수로 작용하며, 그에 따라 통합 단계에 이르는 주인공의 성숙의 정도 또한 커다란 차이를 보이게 된다. 주인공의 나이가 어릴수록 분

---

52) A. 반겐넵, 「통과의례」, 122쪽.

리 단계의 후유증이 심각하고, 아이에서 곧바로 성인의 세계로 전환
되어야 하는 부담 때문에 바람직한 성숙의 과정을 담지하지 못한다.

통합의 단계에 이르면 주인공은 목표의 훈련을 무사히 마치고 성
인으로서 사회에 입문하게 되는데, 이때 사회구성원들은 입문자를
이전과는 다른 사람으로 인정하고 성인으로 대우해 준다. 한국 성장
소설의 경우 이 단계는 자아의 확인 및 삶의 비전을 발견하는 것으
로 종지부를 찍게 된다. 그러나 분리 및 전이의 단계에서 빚어진 변
수들에 의하여 성장의 도달점은 매우 달라진다. 또한 바람직한 통합
단계의 목표 자체가 추상적일 가능성이 많기 때문에 이 단계에서의
성과를 평가하는 작업은 신축성 있게 진행되어야 할 것이다.

성장소설의 구조는 통과의례의 단계와 맞물려 인과적 대응관계 속
에서 전개되며, 각 단계별 진행 속도나 비례 정도는 주인공의 가족
적, 사회·문화적 조건과 변수에 따라 유동적으로 적용된다. 본질 자
체가 통과제의적인 작품 군은 명백히 따로 존재한다[53]는 주장에도
불구하고 통과의례의 단계를 기준으로 삼는 것은 관례의 구조 역시
준비-시행-종결[54]이라는 3단계로 이루어져 있어 성장소설의 구조
적 특성을 잘 설명할 수 있기 때문이다. 이 책에서는 어떤 작품이
통과제의적인 작품인가를 밝히는 데 목적을 두지 않는다. 현대소설
의 특성상 엄밀하게 그 단계를 구분하기 어려우므로 상징적 의미의
통과의례로서 융통성 있게 적용하여 분석을 시도한다.

단계별 분석을 통한 각 작품의 논의로부터는 작가별 특성을 추출
하여 작가별 성장소설의 세계관 및 지향을 탐색해 보고자 한다. 작가
별로 처한 시대적 환경이 다르기 때문에 이를 통하여 한국 현대 성
장소설이 구축하고자 하는 동질성과 통시적 변화를 감지할 수 있으
며, 성장소설의 구조와 사회·문화적 여건 사이의 상관성을 검토하여

---

53) 이재실, 「역자후기」, 『통과제의와 문학』, 문학동네, 1996, 207쪽.
54) 오출세, 『한국서사문학과 통과의례』, 20쪽.

한국 현대 성장소설의 위상과 전망을 가늠해 볼 수 있기 때문이다.

성장소설은 용어의 사용이나 그 유형에 대한 논의에 있어 유동성을 가지고 있다. 개인의 삶을 구조화하는 과정은, 인간이 사회·문화적 존재임을 감안하더라도 다종 다수의 변이 형태를 창출하기에 충분한 잠재력을 내포하고 있다. 그렇다고 성장소설의 범위를 무한정 열어놓는다면 오히려 성장소설을 해체하는 결과를 초래하게 될지 모른다. 이 책에서는 작가별로 성장소설을 통하여 추구하는 가치의 지향점을 추적하여 성장소설이 담지하는 '성장'의 의미를 가늠하고자 한다. 또한 성장의 관점이 사회·문화의 보편적 가치와 어떠한 상관관계를 형성하는가에 관심을 두고 논의를 진행한다.

3. 성장소설 연구의 목적 및 의미망

이 책은 한국 현대 성장소설의 구조와 위상을 밝히는 데 목적을 둔다. 성장소설이라 명명되는 작품들을 관통하는 핵심적 요소를 파악하고, 성장소설의 전개과정 및 변화양상을 추적함으로써 현대문학사 속에 하나의 장르로서 맥을 형성해 온 성장소설의 의의를 천착하고자 한다.

성장소설이란 "유년기에서 소년기를 거쳐 성인의 세계로 입문하는 한 인물이 겪는 내면적 갈등과 정신적 성장, 자신을 둘러싸고 있는 세계에 대한 각성의 과정을 주로 담고 있는 작품들"[55]을 지칭한다. 그러므로 성장소설의 연구는 성장의 계기에 대한 탐구 및 주인공의

---

55) 한용환, 『소설학 사전』, 고려원, 1992, 241쪽.

성장과정을 엮어 나가는 기본 구조와 정서를 파악하는 데서 출발한
다. 또한 시대의 흐름에 따른 성장소설의 내적 변화를 추적함으로써
성장소설의 불변적 요소 및 변수들을 아울러 고찰하고, 한국 현대
성장소설의 위상을 밝혀 성장소설의 현재적 의미를 발견하는 데 의
의를 둔다.

　어떤 인물의 성장과정을 추적하거나 그의 어린 시절 체험을 그린
다고 해서 모두 성장소설이라고 할 수는 없다. 성장소설에는 "무엇
보다도 작중 인물이 겪는 정신의 위기와 이에 따른 자아의 각성, 나
아가서는 자아와 세계 사이의 관계 정립"56)이 요구된다. 한 사람의
삶을 어떻게 구분할 것인가에 대하여는 논란이 있을 수 있다. 정신
의 위기라 일컬어지는 삶의 고비들은 일생을 통하여 어떤 역할을 하
며, 자아의 정체성을 확립하는 데 주변 인물이나 환경은 어떻게 작
용하는지, 그리고 그것을 통하여 어떤 사회적 인물로 거듭나게 되는
가 하는 점들이 성장소설을 통해 점검할 수 있는 부분들이다. 대부
분의 성장소설들이 여기에 초점을 두고 있으며, 성숙에 이르는 과정
을 탐색하고 그 의의를 모색하는 데 노력을 집중하고 있다.

　루카치는 성숙의 의미를, "사회적 삶의 모든 형식을 인간공동체의
필수 불가결한 형식으로 이해하고 긍정하며, 사회적 형식을 그 자체
로서 존재하는 경직된 정치적·법적 형식으로서가 아니라 이를 넘어
서서 목적에 도달하기 위한 수단으로 파악하는 자유로운 인간성의
이상"57)이라고 설명한다. 그러므로 성장소설의 목표는 성숙한 사회
인으로 성장하는 데 있으며, 그 과정에서 부딪치게 되는 주인공의
세계에 대한 투쟁으로 점철된다.

　성장소설에 대한 관심과 연구는 1970년 이후에야 단편적으로 시
도되었으며 1990년대에 이르러 몇 편의 학위논문이 제출된 형편이라

---

56) 장경렬, 「반(反)성장소설로서의 성장소설」, 78쪽.
57) 게오르그 루카치, 『소설의 이론』, 반성완 역, 심설당, 1985, 178쪽 참조.

서, 그 개념의 확정이나 명칭의 사용 또는 범위를 한정하는 데 있어 아직은 융통성 있는 적용이 필요한 상황이다. 한편 1990년 이후 성장소설에 대한 관심이 높아지고 성장소설이라 명명된 작품들이 다수 발표됨에 따라 기왕에 발표되었으나 논의되지 못했던 작품들까지도 새롭게 성장소설로서 논의의 가능성을 확보하게 되었다.

성장소설이 관심을 끌게 된 것은 문학 특히 소설의 시대적 흐름과도 밀접한 관련이 있다. 문학의 관심이 상당 부분 개인적 상황에 치중되고 있으며, 개개인을 존중하고 개인의 삶에 의의를 부여하는 작품의 산출을 독려하고 있다. 그 결과 자전적 소설과 성장소설들이 하나의 작품 군을 형성하면서 장르적 제약으로부터 한결 자유로워졌다.

우리의 현대소설은 역사적 환경으로 인하여 사회문제와 역사의식에 비교적 많은 시선을 집중해 왔다. 일제 강점기의 문학이 그러했고, 한국전쟁 이후의 분단소설들이 또 그러했으며 1970년대부터는 산업화로 인한 사회문제에 관심을 집중해 온 터이다. 개인의 문제에 귀를 기울이는 풍토로부터 멀찍이 떨어져 공적인 것에 치중할 수밖에 없었던 문학적 여건을 감안하더라도, 1990년대 이후 증폭된 성장소설에 대한 관심은 개인의 삶을 통하여 공동체의 가치를 발견하고 지향하는 방향으로의 전환이라는 점에서 고무적인 현상이 아닐 수 없다.

한국 현대소설은 신소설 이후, 곧 이광수의 「무정」을 그 출발점으로 삼는다. 한국의 현대 성장소설 또한 그 시기부터 배태의 가능성을 짐작할 수 있다. 선행 연구자에 의하여 한국의 현대 성장소설로서의 「무정」에 대한 논의가 진행되었으며, 이로써 연구의 범위가 현대소설 전반으로 확대되었다. 또한 한국 현대 성장소설이 모두 80~90편에 이른다는 논의가 있었다.[58]

이 책에서는 성장소설로서의 가능성을 충분히 보유한 것으로 판단

---

58) 남미영, 「한국 현대 성장소설 연구」.
　　최현주, 「한국 현대 성장소설의 서사 시학 연구」.

되는 여덟 편의 장편소설을 대상으로 논의를 진행한다. 장편소설만
을 대상으로 하는 것은, 하나의 단편적인 사건을 통하여 성장의 과
정과 면모를 고찰하기에는 미진한 점이 많고 단편소설들이 대체로
계기적 사건 후의 변모 또는 성장의 양상까지를 포괄해 보여주지 못
한다는 한계점 때문이다.

　선정한 작품은 이광수의 「無情」(1917)과 「나」(1947), 황순원의 「별
과 같이 살다」(1946)와 「日月」(1964), 김원일의 「노을」(1978)과 「마
당깊은 집」(1988), 박완서의 「裸木」(1970)과 「그 많던 싱아는 누가
다 먹었을까」(1992) 등이다.

　이광수의 작품들은 초기 성장소설의 국면을 반영하고 있다는 점에
서 주목되며, 황순원은 다수의 성장소설을 발표하여 성장소설 논의
에서 빼놓을 수 없는 위치를 점하고 있다. 김원일과 박완서는 전쟁
체험을 소설화하는 데 주력하여 전후 성장소설의 면모를 강하게 드
러내고 있으며, 작가의 성별 차이에 따른 소설적 변이를 담지하고
있어 성장소설 논의에 있어 다양성을 확보하는 데 좋은 여건을 제공
해 준다.

　작품의 선정에 있어 시기적인 간격을 두는 것은 성장소설의 내적
변화를 통시적으로 탐구할 수 있는 조건을 만들기 위해서이며, 작가
적 특성을 고려하기 위해 두 편 이상의 성장소설 논의가 가능한 작
가를 대상으로 하였다. 그러나 이 책에서는 성장소설에 주목함으로써
작가론의 측면보다는 각각의 작품론에 치중하여 논의를 진행한다.

　이광수와 황순원은 각각 두 작품에서 중심인물의 성별을 달리함으
로써 허구적인 소설로서의 가능성을 많이 내포하고 있는 반면, 김원
일과 박완서는 두 작품 모두에서 같은 성별의 주인공을 내세움으로
써 그들 작품의 자전적 경향을 배제하지 않고 있다. 작품의 자전적
경향으로 인하여 논의가 제한을 받을 가능성도 없지 않으나 하나의
완결된 작품에 대하여는 공히 하나의 독립적 생명력을 부여하는바,

본고에서는 작가의 삶과 일치되는 부분을 밝히는 데 그 목적을 두지 않는다.

김원일과 박완서의 경우 배열 순서에 있어 그 기준을 작품의 발표 시기에 두었음을 밝혀둔다. 박완서의 「그 많던 싱아는 누가 다 먹었을까」의 발표 연대가 1992년으로 여덟 작품 중 가장 나중이기 때문에 「나목」이 김원일의 「노을」보다 발표 시기가 앞섬에도 불구하고 제일 뒤에 배치하였다.

제3장
신문명 지향의 소명의식
: 이광수의 성장소설

이광수의 소설에 대한 논의는 그 문학사적 지위나 작품적 성과에 걸맞게 다수 진행되어 왔다. 특히 「무정」은 최초의 근대소설로서 우리 문학사에서 커다란 비중을 차지하는 작품으로 평가된다. 그러나 「무정」은 문학사적 위치 때문에 오히려 논의의 제한을 받기도 하며, 그런 만큼 새로운 접근과 연구의 가능성 또한 열려 있다고 하겠다.

이 책에서는 「무정」을 성장소설이라는 범주에 넣어 고찰하고자 한다. 이미 형성소설[59])로서 논의된 바 있으며, 「무정」을 여성 주인공 박영채 중심으로 해독함으로써 여성성장소설로서의 논의가 가능해졌다. 「무정」을 성장소설의 반열에 놓고자 할 때 그 중심인물이 박영채로 조명되어야 함은 그녀가 보여주는 삶의 여정과 굴곡이 이형식의 그것보다는 성장소설로서의 조건에 더욱 적합하기 때문이다. 장편소설을 한 인물에 초점을 맞추어 논의함으로써 작품의 다른 부분을 희생하고 한 쪽으로 치우친 결과를 초래할 가능성도 배제할 수 없으나, 「무정」의 소설사적 위치로 볼 때 성장소설로서의 「무정」 논의는 우리 현대소설 초기의 성장소설 가능성을 가늠하는 지표가 될 수 있다. 또한 전대 소설 장르와의 연계 속에서 성장소설의 존재 확인 및 위상 정립이 가능하리라는 기대에서 여성 주인공인 박영채에 중심을 두어 논의를 진행하고자 한다. 성장소설에 대한 논의가 1970년대 이후에야 그 싹을 틔웠고, 그 논의마저도 후대의 작품들에 집중되어 있으므로 「무정」의 성장소설 논의는 근대소설 초기부터 내재

---

59) 이재선, 「형성적 교육소설로서의 <무정>」.

되어 온 성장소설 모색의 노력을 긍정적으로 수용하는 성과를 가져오게 될 것으로 기대한다.

「무정」의 여성성장소설로서의 국면에 초점을 두는 것은, 이광수의 자전적 성장소설인 「나」, <소년 편> 및 <스무 살 고개>와 대비한 고찰이 가능하기 때문이다. 한국사회에서 여성과 남성은 그 지위나 입장이 지극히 다른 삶을 영위해 왔으며, 아직까지도 남녀유별의 사고는 깊이 뿌리박혀 있는 게 현실이다. 성장소설에서는 중심인물의 성별에 따라 체험의 과정이나 성숙의 정도가 달라지며, 후대로 이어지는 성장소설의 글쓰기 경향과 맞물려 통시적 연관성을 추적하는 단서가 된다.

물론 「무정」과 「나」는 문학사적 평가나 작품론에 있어 동등한 대접을 받는 형편은 아니다. 「나」는 작품의 논의 횟수와 관심에 있어 「무정」에 현저히 못 미치는 실정이지만 이 책의 목표인 한국 성장소설의 전개과정을 통한 구조적 특질의 연구함에 있어 자전적 성장소설로서 긴요한 작품적 의의를 내포하고 있다. 후대에 이르러 성장소설의 자전적 경향이 두드러지게 나타나는데, 이 책의 논의 대상인 김원일과 박완서의 성장소설 또한 이러한 흐름을 반영하고 있으므로 자전적 성장소설로서의 「나」는 「무정」과 더불어 성장소설의 화두를 던지는 작품으로 판단된다.

이광수의 두 작품 「무정」과 「나」는 영웅소설적 모티프를 지니고 있다. 어려서 고아가 된 주인공이 시련을 이기고 업적을 이루어 영웅적 인물로 승화되는 것인데, 영웅소설적 전개과정은 성장소설의 구비조건과 상통하는 유사점을 가지고 있다. 「무정」은 시련의 단계를 거친 인물이 새로운 학문을 구하고 그것을 통하여 구원을 이루겠다는 신념을 반영하고 있으며, 「나」는 구원의 계기를 종교에서 얻고 있다. 종교에 입문하여 과오를 씻고 새로운 사람으로 거듭남은 물론 전도자의 역할을 자청함으로써 스스로를 정화하고 세계를 구원하려는 의지를 표명한다.

두 작품이 다 같이 성장의 계기를 부모의 죽음으로 인한 고난과 性체험에 두고 있으며, 구원의 길을 발견함으로써 제2의 삶을 영위하게 된다. 이때 그들의 性체험은 사회가 인정하는 혼인의 과정을 통해서가 아닌 파탄적 접촉에 의한 것으로, 주인공의 정체성을 훼손하지만 성장으로 이끄는 직접적인 계기가 된다. 부모의 죽음이라는 외부적 압력에 의한 강제적 격리와 죽음의 고통으로 요약되는 통과의례의 체험과정과 마찬가지로 강도 높은 시련을 겪지만, 통합의 단계에서는 시련의 상처를 회복하고 정화하기 위한 과장된 승화에 이르게 된다.

1. 여성 정체성 및 엘리트 의식 고양: 「무정」

「무정」은 1917년에 발표된 작품으로서 최초의 근대소설로 평가되는 만큼 그 논의와 연구가 부단히 진행되어 왔다. 대체로 문학사적 위치에 관한 평가와 근대소설로서의 작품적 성과에 주목하고, 작품의 주제론적인 측면에서 남자 주인공 이형식을 중심으로 하여 주로 논의되어 왔다. 이 작품은 이형식과 박영채 두 사람을 중심으로 전개된다. 이형식과 박영채는 둘 다 어려서 부모를 잃고 세상살이의 어려움을 터득하고 극복하면서 굳건한 자기 삶의 길을 찾아 나선다는 공통점을 가지고 있다. 그러나 이형식의 경우 그 체험의 정도나 갈등의 양상이 소극적이고 순탄한 편이다. 그보다는 오히려 박영채가 겪어가는 삶의 도정이 세계와의 대결 양상을 뚜렷하게 보여줌으로써 성장소설 주인공으로서의 면모를 부각시킨다.

▷ 1단계−가계의 몰락 및 기생 신분

「무정」을 성장소설이라 전제할 때 그 전개과정은 영채의 집안 몰락, 기생 입문과 겁탈사건과 자살행, 구원이라는 세 단계로 나누어 볼 수 있다. 성장의 계기가 되는 경험들은 분리 단계 후에야 비로소 가능한데, 영채의 경우 아버지와 두 오빠의 투옥으로 홀로 남게 되는 열두 살 때가 분리 단계로 가늠된다. 가족과의 분리는 한 개인에게 있어 자아를 획득하는 계기가 되지만 나이와 성별, 그간의 성장 환경에 따라 충격의 강도가 달라진다. 영채는 어머니를 잃고 편부슬하에서 자란다. 어머니 없이 자란 만큼 아버지에 대한 의존도가 컸으며, 직접 소학과 열녀전, 시전 등을 가르쳤다는 점을 볼 때 아버지이면서 스승인 박진사의 영향력은 남달랐다고 할 수 있다. 현대소설들이 담지해 내는 결손가정의 갈등이나 가족관계 속에서의 애증 상황을 유발하지 않으므로 부녀간의 친밀도나 의존도는 절대적이라 할 만하다. 게다가 박진사는 자신의 교육 이념을 실천하며 주위 사람들이나 제자들로부터 존경을 받는 인물이므로 아버지에 대한 영채의 신뢰는 전혀 흔들리지 않는다. 그러한 아버지가 투옥되고 하루아침에 고아 신세가 된 영채에게 이후의 삶은 혹독한 시련의 연속이며, 시련에 대처하는 능력을 갖추지 못한 영채에게 가정의 몰락은 회복하기 어려운 난관이 된다. 이 사건은 영채의 일생에 커다란 전환점이면서 동시에 세상으로 첫발을 내딛는 계기가 된다.

「무정」은 가족으로부터의 격리과정을 통하여 영채가 혈연에 밀착된 정서를 바탕으로 가부장제에 근거한 정체감의 소유자임을 보여준다. 이광수의 성장소설들은 격리 단계를 수용하기까지 비교적 많은 시간을 할애함으로써 가계의 몰락이라는 현실에 대한 거부감과 좌절감을 반영하고 있다. 부친과의 결별로 고아나 다름없는 신세가 된 영채는 아버지를 구원하여 가문을 회복하려 한다. 일단 외가에 몸을 의

탁하지만 영채를 환영하지 않는 외가에서 구박에 견디다 못해 탈출한다. 혈족에의 기대가 좌절되자 남복으로 위장하고 아버지의 감옥을 찾아나서는 영채는 길에서 걸식도 하고 돌팔매질도 당하며, 악한의 겁탈 위기를 가까스로 모면하는 등 고초를 겪는다. 그 과정에서 영채는 비로소 세상 사람들에 대하여 부정적인 인식을 갖게 된다.

> 그러나 세상에서 만나는 사람들은 백이면 백이 다 자기를 희롱하고 잡아먹으려는 사람들뿐이었다. 길가에서 본 척 만 척하고 지나가는 사람은 무론이어니와 가장 다정한 듯이 웃는 얼굴과 부드러운 말소리로 가까이 오는 자도 기실은 나를 불쌍히 여겨 그러함이 아니라 나를 속이고 나를 농락하여 자기의 욕심을 채우려 함이었다.[60]

가족으로부터 격리되고 친척이라는 대체 울타리 또한 탈출할 수밖에 없었던 영채가 아버지의 감옥으로 향하는 도정에서 확인하는 것은 세계와 인간에 대한 혐오뿐이다. 그런데 이러한 각성은 오히려 아버지를 만남으로써 모든 고난을 해소하리라는 집착을 강화시킬 뿐 영채의 세계관을 변화시키는 요인으로 작용하지 못하고 희석되고 만다. 가정을 회복함으로써 균열된 세계를 회복할 수 있으리라는 사고는 영채로 하여금 아버지를 감옥으로부터 구원하겠다는 의지를 불러 일으키게 하지만, 또다시 정체를 알지도 못하는 사람에게 속아 기생의 신분이 된다. 결국 아버지를 구원하지 못하고 오히려 아버지의 자살을 초래한다.

지금까지 영채가 속해 있던 세계는 아버지로 상징되는 가정 안이었으며, 아버지에 의해 주도된 교육을 받고 성장해 왔으므로 아버지의 존재는 절대적인 것이다. 이는 영채가 아버지를 매개로 하여 세상을 바라보고 있었음을 의미[61]하는데, 아버지의 죽음으로 인해 영

---

60) 이광수, 『무정』 상권, 우신사, 1984, 37쪽. 이하 본문 인용은 쪽수만 기입함.

채에게 있어 욕망의 매개자로서의 아버지의 위치는 더욱 확고해진다. 그래서 영채는 비록 고아에 기생이 되었으나 부친의 욕망을 기준으로 세상을 바라보고, 가부장제의 가족주의 정서를 토대로 한 여성으로서의 정체성에 입각하여 삶의 행보를 내딛는다.

▷ 2단계―자살행 및 우연한 만남

부친과 오빠들의 사망으로 가계가 완전히 몰락하고 자신은 기생의 몸이 되었지만 영채는 아버지의 뜻에 따라 형식을 만나 그의 아내가 되고자 하는 일념에 집착한다. 이는 아버지 박진사에 의하여 매개된 욕망에의 집착이며, 유교적 관습에 따라 형식을 배우자로 여기고 형식과의 결혼을 통하여 가족 질서를 회복하려는 것이다. 가부장제하에서 성장한 영채가 형식을 배우자로 여기는 것은 당연하다.

> 부친께서 <너는 형식의 아내가 되어라> 하신 말씀은 자라나서 생각하니 다만 일시 농담이 아니라 진실로 후일에 그 말씀대로 하시려 한 것이다 하고 내 몸이 가루가 되더라도 부친의 뜻을 아니 어기리라 하였다.(상권, 25쪽)

기생이 되었음에도 불구하고 영채는 정조를 지킴으로써 질서의 회복이 가능하다고 믿는다. 그러나 결혼에 대한 기대는 형식과의 재회에서부터 좌절되기 시작하고 영채는 새로운 인물로 거듭나기 위한 시련의 과정에 돌입한다. 형식은 영채가 기대했던 것과는 달리 현실

---

61) 구인환, 「변혁적 현실과 지향적 욕구―이광수의 <무정>」, 『한국현대장편소설연구』, 삼지원, 1989. 이 글에서는 르네 지라르의 욕망의 삼각형으로 <무정>을 해석하고 있는데, 매개자가 아버지에서 병욱으로 전이된다고 설명한다.

적인 인물이다. 영채의 행적에 대하여 듣고 있는 동안에도 형식은 여러 차례 영채의 정조를 의심하면서 선형과 영채를 두고 저울질한다. 그리고 형식에게 받아들여질 수 없음을 감지한 영채는 부끄러움을 느낀다.

영채의 신변상의 변화와 정체성의 훼손은 정조 유린이라는 극적인 사건을 통하여 절정에 이르게 된다. 영채는 "훼손된 시대에 훼손되지 않은 가치를 보존하고 있는 존재"로서[62] 의미를 가지며, 폭력에 의한 영채의 정조 유린은 영채에게 있어 지금까지 지탱해 온 세계가 일시에 파괴되는 충격적인 경험이 된다. 이 지점에서 「무정」은 전대의 영웅소설이나 전자류(傳字類) 소설들이 보여준 세계관과는 전적으로 다른 현실성을 확보한다. 그러나 전대의 소설에서 주인공의 시련은 반드시 극복되며, 조력자의 도움으로 그 위기를 모면하는 양상을 보이는 데 비하여 영채의 성적 시련은 당시의 정서로는 수용하기 힘든 가혹한 시련임에도 우연적인 구원자에 의하여 구제되지 못한다. 박진사로 대표되는 구시대의 훼손되지 않은 가치의 세계는 영채의 겁탈을 통하여 크게 손상된다. "전통적 가치의 화신인 영채에게 가해진 겁간이라는 사건, 어떤 서사적 장치로도 돌이킬 수 없고 치유할 수도 없는, 죽음보다 더한 치욕인, 그래서 그 이전의 소설적 문법에서는 결코 존재할 수 없었던, 전대미문의 사건이다."[63] 그러므로 영채의 겁탈사건을 확인한 형식 또한 선형과 약혼을 함으로써 과거의 인연을 벗어버리는 현실적 태도를 보인다.

영채의 자살행은 몰락한 자기 삶과의 결별이면서 동시에 아버지를 매개자로 한 세계의 종말을 의미한다. 자살 길에 오른 영채는 현대문명의 상징물인 열차 안에서, 아이러니컬하게도 눈 속에 들어간 석탄가루라는 미물을 통하여 새로운 삶의 길로 접어든다. "영채와 이형식

62) 김윤식, 「<무정>의 문학사적 성격」, 『한국현대문학사』, 서울대출판부, 1992, 85쪽.
63) 서영채, 「한국소설과 근대성의 세 가지 파토스」, 『문학동네』, 1999년 여름, 343쪽.

에게 있어 철도의 중요성은 다만 운명적 만남에 있는 것이 아니다. 그들에게 있어 철도는 과거와 미래의 접점을 가르는 경계선이었던 것이다."[64] 영채는 눈 속의 티를 씻어내 준 유학생인 병욱에게 자신의 과거를 고백하고 그녀를 통해 형식을 향한 자기 욕망의 허상을 깨달음으로써 개체로서의 자아 인식에 도달하고 정체성을 회복한다.

<어떤 사람에게 마음을 허하였다가 그 사람에게 몸을 바치기 전에 몸을 더럽혔을 때 죽어버리는 것이 의리가 아닐까요?>

옳다 되었다 하는 듯이 여학생이

<그러면 몇 가지 물어보겠습니다. 첫째 이 씨에게 마음을 허한 것이 영채 씨오니까 다시 말하면 영채 씨가 당신 생각으로 마음을 허한 것입니까, 또는 부친의 말씀 한 마디가 허한 것입니까?>

<그야 물론 아버지께서 허한 게지요>

<그러면 부친의 말씀 한 마디로 영채 씨의 일생을 작정한 것이오 그려.>

<그렇지요. 그것이 삼종지도가 아닙니까>

<흥 그 삼종지도라는 것이 여러 천 년간, 여러 천만의 여자를 죽이고 또 여러 천만의 남자를 불행하게 하였어요. 그 원수의 글자 몇 자가, 흥>

<그러면 삼종지도가 그르단 말씀이야요>

<부모의 말에 순종하는 것이 자식의 도리겠지요. 지아비의 말에 순종하는 것이 아내의 도리겠지요. 그러나 부모의 말보다도 자식의 일생이, 지아비의 말보다도 아내의 일생이 더 중요하지 아니할까요? 다른 사람의 뜻을 위하여 제 일생을 결정하는 것은 저를 죽임이외다. 그야말로 인도(人道)의 죄라 합니다. 더구나 부사종자(父死從子)라는 말은 참 남자의 포학(暴虐)을 표함이외다. 여자의 인격을 무시하는 말이외다. 어머니는 아들을 가르치고 단속함이 마땅하외다. 어머니가 자식에게 복종하는 그런 비리가 어데 있어요.>

하고 여학생은 얼굴이 붉게 되며 기운을 내어 구도덕(舊道德)을 공격하더니,

---

64) 김윤식, 「<무정>의 문학사적 성격」, 95쪽.

<영채 씨도 이러한 낡은 사상의 종이 되어서 지금껏 속절없는 괴로움을 맛보셨습니다. 그 속박을 끊으십시오. 그 꿈을 깹시오. 저를 위하여 사는 사람이 되시오. 자유를 얻읍시오.>

하는 여학생의 얼굴에는 아주 엄숙한 빛이 보인다. (하권, 74-75쪽)

병욱과의 만남, 그녀의 교화에 따라 영채는 과거의 인습으로부터 벗어나 새로운 정체성을 얻게 된다. 영채의 변모과정은 가계의 몰락, 신분의 하락과 정조 유린, 새 삶의 획득이라는 세 단계를 거치는데, 이는 통과제의의 격리-시련-회복이라는 기본 과정과 일치하면서 정화를 통한 개인적, 사회적 층위의 성장을 보여준다. 아버지 박진사의 죽음으로 몰락한 영채의 가문은 봉건적 가부장제의 몰락을 의미하며, 영채가 고아의 신분으로 떠돌게 됨은 구시대적 가치관을 극복하고 새로운 인물로 거듭날 수 있는 환경적 조건이기도 하다. 그러나 영채는 오직 정조를 지킴으로써 구시대적 가치관을 보전하려 안간힘을 쓴다. 영채의 세계 인식의 우선적 계기가 되는 가계 몰락은 인물의 거듭남에 있어 필수적인 조건처럼 따라다닌다. 성장소설의 고아의식은 전대의 영웅소설들이 가계의 몰락으로부터 시련의 출발점을 삼았던 것과 동궤를 이룬다. 가족의 울타리를 떠나는 것이야말로 자아 획득의 기본 단계인 것이다. 한국사회에서 가계나 가문은 한 인물의 삶의 전도를 결정짓는 절대적인 요소로 작용해 왔기 때문에 가족으로부터의 이탈은 가혹한 시련의 전제이기도 하지만, 동시에 개체로서의 비약적 성장이나 과업의 완수를 위하여 전제되어야 할 조건으로 보아야 한다. "고아 상태란 시공간적으로 과거적인 것으로부터의 해체와 파손인 동시에 운명적으로 적응과 변화에의 방향 전환이 그만큼 용이한 존재"[65]임을 의미한다.

그런데 여성의 경우 이 고아라는 상황은 더욱 가혹한 시련을 예

---

65) 이재선, 「형성적 교육소설로서의 <무정>」, 81쪽.

비한다. 영채가 남장을 하고 아버지의 감옥으로 향하게 되는 것은 여성으로서 세계에 대한 왜소함을 반영하는 것이며, 영채는 결국 성적 유린이라는 시련으로 인하여 정체성을 회복하기 힘든 비관적인 국면으로 접어든다. 영채는 줄곧 형식과의 결합을 희구해 왔다. 형식의 아내가 되어 파손된 아버지의 세계를 복원하려는 열망 때문이다. 그러나 겁탈로 인하여 자살 길에 오르고, 기차에서 만난 병욱에 의하여 과거로의 회귀적 사고는 미래지향적 희망으로 전환된다. 영채가 신학문을 통하여 국가의 동량으로 거듭나려는 소명의식을 획득하는 것은 박진사로 상징되는 구시대적 가치관으로부터 탈피함으로써 가능한 것이며, 고아라는 상황은 전환을 위한 전제조건이다. 박진사에게 구제되어 학문을 배우게 되었던 형식이 다시 김장로의 사위가 되어 유학길에 오르게 되는 것 또한 고아로서의 여건으로부터 비약적인 전환을 이루어가는 과정이다. 선형과의 결혼이라는 현실적 성취를 통하여 학문 추구의 열망과 국가에 대한 소명의식으로 충만해지는 것은 고아의식으로부터 훼손된 자존을 회복하고 상처받은 세계를 정화함으로써 보상받으려는 의지의 반영인 것이다.

▷ 3단계 ― 국가의 동량이 되리라는 사명감

영채의 일본 유학은 형식의 경우처럼 결혼과 같은 밀착된 혈연관계의 설정 없이 주어진 혜택이다. 이는 우연한 조력자인 병욱을 통하여 갱생의 길을 걷게 된다는 다소 이상주의적인 설정이다. 통합단계의 이러한 낭만성은 해피엔딩의 구조로 일관해 온 전대의 소설과의 정서적 동질성을 확인할 수 있는 단면이기도 하다.

통과제의의 세 번째 단계인 통합에 이르러 입문자는 이전과는 전혀 다른 새로운 인물로 다시 태어나게 되고 사회구성원들 역시 그를 성

인으로서 대우하게 된다. 전이의 과정을 거치는 동안 입문자가 주어
지는 시련을 극복하고 성인의 사회가 요구하는 조건과 지향에 대하여
숙지하였음을 인정하는 것이다. 영채는 시련의 과정을 통하여 세계가
요구하는 사회인으로 전환된다. 과거의 인습에 얽매여 형식과의 인연
에 집착하던 영채는 이 시점에서 의식의 전환을 이루고 자신에게 주
어지는 새로운 삶의 길을 수용하는 태도를 보인다. 자살행이라는 극
단적인 방법을 택하였으나 병욱의 제안을 받아들여 유학길에 오르는
점, 삼랑진 수해를 목격하고 형식에 의하여 국가에 대한 소명의식을
고무받는 등의 과정은 시련을 통하여 사회가 요구하는 "가능한 의식
의 최대치"66)를 향해 전환되는 성장의 성과를 단적으로 보여준다.

　이광수 소설의 상투성으로 지적되는 숭고한 인물의 숭고한 행위
실천 추구67)를 문제 삼지 않더라도 영채가 통합의 단계에 이르는 과
정은 목적소설로서의 경향을 드러낸다. 김병익은 우리 성장소설들이
사회가 지향하는 바에 부합하는 인물로서의 성숙에 미치지 못함을
한계로 지적68)하고 있다. 「무정」에서 영채의 행보는 조선조 영웅소
설이 가지고 있던 일신의 부귀영화 획득이라는 개인적 성취에서 사
회적 이념을 향해 전진한 것이며, 통합의 단계에 이른 영채가 국가와
민족의 장래를 위하여 이바지해야 한다는 소명의식으로 충만해지는
것은 사회적 요구에 대한 적극적인 수용으로 해석할 수 있을 것이다.

　한편 아버지의 죽음에 직면하여 가족의 일원으로 소극적인 삶을
수용해 갈 수밖에 없었던 영채가 환경을 뛰어넘어 개인으로서의 삶
의 의무와 권리를 인식하게 되는 과정은 과거의 인습으로부터 벗어
나 개인의 정체성을 획득하는 현실적 의미의 성장에 근접한다. 가정
을 최소한의 개체로 여기는 사회에서 개인의 존재, 특히 여성의 존

---

66) L. 골드만, 『인문과학과 철학』, 김현 역, 문학과지성사, 1980, 141쪽.
67) 한용환, 『이광수 소설의 비판과 옹호』, 새미, 1994, 87쪽.
68) 김병익, 「성장소설의 문화적 의미」.

재의미는 작품 속의 삼종지도 언급에서 엿볼 수 있듯이 소극적 순응자의 수준에 지나지 않았다. 삼종지도란 "여성이 남성과 관계를 맺지 못하면 사회적 존재가 될 수 없음을 명백히 한 것이며, 여성의 교육에서도 음양에 대한 원리적 논의는 없이 남성의 보조자로서의 역할적 차원만 강조"[69]하는 가부장제의 핵심적 이데올로기다.

「무정」에서 영채의 전이과정은 전대의 소설이 보여주는 시련에 비하여 가혹한 형태로 치러지고, 그런 만큼 영채가 통합의 단계에서 도달하는 지점 역시 분리 이전의 수준에서 멀찌감치 벗어나 있다. 즉 가문 회복이라는 회귀적 결말이 아니라 개체로서의 삶의 길을 인식하고 국가적, 세계적 구성원으로서의 존재를 확인하는 진보적 여성으로서 묘사된다. 공동체와의 화해가 체념을 통한 사회적 질서의 이해와 수용이라는 점에 비추어 볼 때 영채의 소명의식은 현실적 의미의 성장을 담지하는 것이다. 영채는 훼손된 세계를 수용하고 회복 불가능한 훼손 사실을 정화하기 위한 보다 큰 가치에로의 전환을 이루어낸다.

2. 신문명으로서의 종교적 체험 및 수용: 「나」

「나」, <소년 편>(1947)과 <스무 살 고개>(1948)는 이야기의 전개과정이나 내용, 등장인물 등으로 보아 마치 하나의 작품처럼 이어서 생각해 볼 수 있다. 이광수 전집 내에는 이 두 작품이 전편과 후편처럼 다루어져 있으며, 남미영은 <소년 편>과 <스무 살 고개>를 함

---

69) 조혜정, 『한국의 여성과 남성』, 문학과지성사, 1988, 75쪽.

께 보면서 논의를 진행하였다.[70] 그러나 한용환은 이광수가 <스무
살 고개>를 발표하면서 아무런 언급을 하지 않은데다가, 작품의 구
성이나 완성도에 있어 <스무 살 고개>는 <소년 편>에 훨씬 못 미치
는 형편이라고 주장하며 <소년 편>만을 대상으로 논의를 전개한
다.[71] 이 책에서는 「나」, <소년 편>과 <스무 살 고개>의 내용상의
연결성을 고려하여 하나의 작품으로서 성장소설의 범위 내에 상정하
여 고찰한다. 작가 자신이 전편과 후편으로 한정하지는 않았으나 작
품의 인물이나 내용의 흐름, 또 전집에 연결 수록한 점을 고려하였
으며, <스무 살 고개>는 이후의 대다수 성장소설들이 보여주지 못한
것으로 지적되곤 하는 성장의 계기가 되는 사건 후의 변화과정을 상
세히 피력하고 있기 때문에 과오를 저지르는 것으로 일단락되는 「소
년 편」만을 다루기보다는 두 편을 이어 고찰함으로써 좀 더 설득력
있는 해독이 가능하리라고 본다.

남미영은 「나」의 논의에서 영웅 모티브를 근간으로 삼고 있다. 만
득자로 태어나 조실부모하고 시련 끝에 영웅으로서 비범한 삶의 영
화를 누린다는 영웅소설의 모티브와 닮아 있는 주인공의 삶은 영웅
의 길로서 전(前)시대 아버지의 삶, 이조시대의 삶의 방식과의 결별
을 의미한다고 결론[72] 내린다. 이광수의 「무정」 이후 한국의 현대소
설은 전대의 소설들이 주된 모티브로 삼아온 영웅소설 구조를 현실
적으로 반영하고 있으며, 주인공의 평범화·개성화에 주력해 왔다.
<소년 편>에서 주인공의 고아의식은 유교적 세계관으로 인한 가족
에의 집착, 자식과 부모 사이의 엄격한 종적 관계에서 벗어나 새로
운 가치관 형성을 가능하게 하는 장치로 제시된다. 자율적인 삶의
길을 확보하기 위해서는 개인으로서의 삶을 구속하는 제반 여건들이

---

70) 남미영, 「한국 현대 성장소설 연구」.
71) 한용환, 『이광수 소설의 비판과 옹호』, 127-148쪽.
72) 남미영, 위의 글.

해소되어야 한다. 전통적인 관습상 가문이나 부모의 지위는 왕왕 한 개인의 삶의 전도를 밝히는 배경이 되거나 뛰어넘을 수 없는 제약으로 작용해 왔다. <소년 편>의 고아의식은 가문에의 집착이라는 한계를 넘어서서 한 개인으로서의 삶을 예비하고 자아 획득의 길을 모색하기 위한 전제조건이 된다.

<소년 편>이 유교적 세계관으로 대변되는 주인공 가문의 몰락과정, 결혼과 성에 대한 의식적 변화 및 소년가장으로서의 입신의 모색 등을 다루고 있다면, <스무 살 고개>는 기독교라는 종교적 세계관에 힘입어 유교 중심의 종적인 세계관으로부터 탈피하여 횡적인 인간관계 및 세계관을 확립해 가는 단계를 보여준다. 가문의 몰락으로 훼손된 세계와 마주치는 주인공이 성장기의 과오를 극복하고 이를 승화해 나가는 과정을 통하여 지향해야 할 가치를 발견해 가는 것이다.

▷ 1단계 – 소년가장 및 고아의식

<소년 편>은 네 장에 걸친 이야기가 집안과 가족에 관한 것이다. 집안의 배경과 아버지 대에 이르러 단계적으로 몰락해 가면서 궁핍한 생활고에 직면하기까지의 과정, 그리고 이어지는 부모의 죽음을 자세히 서술하고 있다. 특히 부모의 죽음을 처절하게 묘사하고 있으며, 자식의 장래를 위하여 아버지를 따라 죽음의 길을 선택하는 어머니를 통하여 육친 간의 밀착된 정서를 표현하고 있다. 그 밖의 두 장은 고아라는 환경을 바탕으로 한 주인공의 연애실패와 결혼, 불륜으로 이어지는 이성을 통한 성장 체험들로 구성된다.

주인공의 출생은 "나는 나라의 쇠운에 태어났을 뿐더러, 우리 집의 쇠운에도 태어났다."[73)]는 한마디로 집약된다. 출생 이후 열한 살에 고아가 되어 열아홉에 장가들고 불륜의 과오를 저지르기까지 도

경은 기울어만 가는 나라와 집안을 배경으로 몰락의 과정을 체험하고 혼인을 통해 새롭게 이룬 가정에도 만족하지 못하여 불륜을 저지르게 되는 등 내리막을 향한 질주만을 계속한다. 국가의 쇠운으로 과거길이 막히고 그로 인해 가문의 영달을 꾀할 방편마저 잃게 된 도경의 아버지는 선비로서 입신할 기회를 박탈당하자 호구지책을 마련하지 못해 집을 팔아 작은 집으로 옮김으로써 그 돈으로 생계를 해결한다. 농사지을 땅이 없는데다가, 과거의 집안 내력에 의거하여 선비로서의 삶의 방식만을 고집하는 터라 자식들이 늘어나는 만큼 집안의 몰락은 가속화된다. 궁여지책으로 아버지가 손을 댄 만인계(도박의 일종)는 요행의 운수를 기대하는 허황된 것이었으나 그나마 일제에 의하여 허가가 취소됨으로써 생계는 더욱 막막해진다. 그러나 아버지에 대한 도경의 인식은 그 역할에 대한 평가와는 상관없는 절대적인 것이다.

> "어린 내 소견에도 아버지는 아무 능력도 없는 사람이었다. 무엇을 하여도 안 되는 운수를 탄 사람이었다. 그가 양식을 벌어 오려니, 옷감을 구해 오려니 하는 생각은 나도 아니하게 되었다. 그저 아버지니까 소중하고 보고 싶었다. 그리고 그에게 의지한다는 마음보다도 그를 불쌍히 여기는 생각이 더욱 많았다.
>
> <왜 우리 아버지는 저럴까……남의 아버지 같지 못할까.>
>
> 나는 속으로 이렇게 아버지를 생각하였다.
>
> 그래도 나는 아버지가 없으면 살 수 없을 것 같았다. 의식도 못 얻어다 주는 아버지언마는 그가 없는 세상을 나는 생각할 수가 없었다. 그것이 무엇 때문이냐고 물어야 설명할 수는 없지마는 그러하였다. 필요한 까닭을 설명할 수 있는 필요는 대단치 아니한 필요다. 왜 그런지 모르는 필요야말로 무서운 필요다. 아버지는 내게 이러한 존재였다."(406쪽)

---

73) 이광수, 「나」, 『이광수전집 11』, 삼중당, 1964, 342쪽. 이후 본문 인용은 쪽수만 기입한다.

아버지에 대한 도경의 무조건적인 포용은 부자간의 원초적 유대감의 발현이며, 이러한 혈연관계의 유대가 우리 성장소설의 근간을 이루는 요소로 작용하고 있다. 전통사회에서 혼인은 신혼부부가 새로운 가족을 창립하는 것이 아니라 이미 존속하고 있는 부계가족 내에 여자가 편입되는 것이다.[74] 그러므로 부자중심의 가족정서가 팽배해 있고, 이때 부자의 관계는 단순한 동성으로서의 원초적 친밀감을 넘어 가계 계승자로서의 연대감으로 더욱 밀착되곤 한다. 특히 장자의 경우 그 정도는 더욱 심화된다. 그러므로 소년기의 주인공들에게 닥치는 아버지의 예기치 못한 죽음은 충격이면서 커다란 부담이 된다. 가족 붕괴의 위기를 극복하고 가계를 이어가야 하는 책임을 떠맡기 때문이다.

이런 경우 어머니의 역할은 성장기 소년인 주인공들의 삶을 좌우하는 결정적인 변수가 되는데, 후대로 갈수록 과부가 된 어머니들이 모계가부장을 형성함으로써 가계의 책임을 떠맡는다. 「마당깊은 집」, 「그 많던 싱아는 누가 다 먹었을까」의 어머니들이 가계의 주도권을 가지면서 가계 계승자로서의 아들의 성장을 독려하고 뒷받침하는 어머니상을 정립해 가는 것과는 달리 <소년 편>에서의 어머니는 아들의 부담을 덜어 주기 위해 죽음의 길을 택한다. 도경의 어머니는 아버지 임종 후 "내가 안 죽으면 네가 지게를 지고 소를 몰아야 되는고나. 나마저 죽어야 네가 공부를 하여서 후제 귀히 되지."(417쪽.)라는 다짐을 결행함으로써 도경을 고아로 만든다. 비록 가세가 기울고 형편이 어려웠지만 부모의 보호 아래 사랑을 받으며 자라온 도경에게 부모의 죽음은 충격이 아닐 수 없다. 그러나 도경은 처참했던 부모의 죽음을 감정에 치우침 없이 의연하게 받아들이며, 이를 인생의 의미를 성찰하는 계기로 삼는 등 성숙한 면모를 보인다.

---

74) 이광규, 『한국의 가족과 종족』, 민음사, 1990, 121쪽.

"열한 살의 어린 나는 필시 이 두 죽음에서 인생의 괴로움이라든가, 덧없음이라든가, 세상이 어떻게 무정하다는 것이라든가, 사람이 왜 죽어야 하는가, 죽으면 어찌 되는가, 어찌하여서 어떤 사람은 재물도 많고 형제도 자손도 번성하게 잘사는데, 어떤 사람은 가난하고 외롭게 살아야 하는가라든가 이런 문제들도 어렴풋하게나마 어린 내 마음에 일어났을 것이다. 한번 마음에 박힌 인상은 영원히 스러지지 아니함을 생각하면 이러한 생각을 마음에 일으킬 기회를 가졌다는 것이 내 생애에 큰 문제가 아닐 수 없지 아니한가."(404-405쪽)

인생에 대한 회의적 사고는 주인공이 통과의례의 입문자로서 훼손된 세계로 발을 들여놓게 되었음을 의미하며, 도경이 소년가장으로서 내딛는 행보에 고난이 예비되어 있음을 시사한다. 불운하게도 일찍 부모를 여의게 되지만 고아로서의 도경의 삶은 치닫는 내리막길로의 질주가 아니라 오히려 학문의 길로 향하는 돌파구가 된다. 가족부양의 책임에서 벗어남으로써 동경에 유학을 가고 선비를 천직으로 알았던 가문의 풍습과 부모의 열망을 이어받아 학문에 집착한다.

일반적으로 편모슬하의 장자들이 감당해야 하는 대리부권의 지위에서 놓여남으로써 도경은 한 개인으로서의 영달의 길을 추구할 수 있게 된다. 후대의 성장소설들이, 부(父)를 상실하고 모자관계가 빚어내는 불협화음과 갈등, 그로 인한 상처 치유에 관심을 집중하고 있는 것과 대조적인 측면이다. 또한 영웅소설의 주인공들이 가문과 밀착된 정서로 인하여 부모의 죽음 후 그 원수를 갚거나 가문을 회복하는 데 총력을 기울이고 그러한 과정에서 혁혁한 공로를 세워 국가적으로도 영웅으로서의 공명을 얻는 것과도 다른 면모를 보인다. 도경은 부모의 죽음을 자연사로 받아들이고 있기 때문에, 가문에 대한 비장한 결의를 갖기보다는 죽음의 의미를 성찰하는 등 자신의 내적 성장의 계기로 삼고 자기의 삶의 길을 모색한다. 효라는 절대적인 덕목을 내세워 부모와의 종적인 유대관계를 고수해 온 유교적 가치구도 속에서 자아의 발견이나 개인주의적 사고가 제약을 받았던 당시의 여건을 고려해 볼 때, 여기서의 고아 됨은 그러한 제약을 뛰어넘는 성장의 전제조건으로 작용하는 것이다.

▷ 2단계 – 사랑과 야망의 좌절 및 과오

고아의 처지로 동경까지 유학을 갔으나 모든 것이 순탄할 수는 없었다. 도경은 두 해 만에 학비가 없어 돌아오게 되고 천덕꾸러기로 반기는 곳 없이 떠돌아다니는 신세가 된다. 머리를 깎고 양복을 입은 그를 이단시하는 친척들은 도경의 처지를 동정하면서도 외면하고, 도경은 장차 대신의 지위에 오르겠다는 포부를 품은 채 홀대를 받는다. 이렇듯 주위 사람들의 관심과 사랑을 갈망하던 차에 도경은 실단과의 애정에 눈을 뜨게 되며, 불륜의 과오를 범하게 된다. 문의 누님에 대한 관심 또한 그의 외로운 처지와 심정에서 비롯된다.

도경이 처음으로 음양에 대해 관심을 갖게 되는 것은, 동물들의 교미 장면을 보거나 주위 사람들의 음탕한 소리들을 통해 남녀의 생활에 호기심을 가지면서부터이다. 그런데 그 호기심은 친구 부모의 잠자리를 엿봄으로써 충격을 받는다.

> "나는 안 볼 것을 보았다고 생각하였다. 거기 대하여서 일종의 흥미를 느끼면서도 진저리치도록 불쾌하였다. 사람이 닭, 개, 짐승과 같다는 것이 아무리 하여도 더럽고 끔찍하였다. 나는 이때에 예수를 안 것도 아니요, 불교를 안 것도 아니언마는 어디서 이런 생각이 났을까. 전생부터의 무슨 인과라고밖에는 생각할 수가 없었다."(369쪽)

성행위에 대한 염탐으로 주인공은 남녀의 애정에서 대한 정신세계와 육체를 분리하는 인식에 도달하고 실단과의 애정을 고결한 정신적 사랑으로 받아들인다. 성행위에 대한 도경의 이러한 언급은 이후 도경과 실단은 물론 문의 누님과의 관계에서 갈등을 해소해 나가는 방향까지 암시한다. 기독교에 입문하여 전도자의 길을 자청한 도경이 결혼에 실패하여 불교에 입문한 실단과 극적으로 해후하고, 이 만남을 통하여 과거의 감정을 청산하고 종교적 구원을 통해 거듭나게 되는 종반부의 향방은 주인공의 성에 대한 의식에서 예견된다.

도경이 실단과의 연애감정을 밖으로 표현하지 못하고 그녀와의 결혼에 실패하는 것은 고아라는 가정환경과 경제적 무능력 때문인데, 비록 부모의 죽음으로 부양의 부담에서 벗어나 동경유학의 길에 오를 수는 있었으나 아직 사회의 통념이 가문의 몰락이라는 가정환경으로부터 자유로울 수 없었으며, 특히 결혼을 위한 조건으로서는 매우 불리한 형편에 놓여 있었다. 주인공은 자신의 처지 때문에 실단에게 청혼하지 못하고, 실단이 혼인하게 되었음을 알고 난 후에도 묵묵히 그 사실을 받아들인다. 고아라는 배경이 주인공에게 부양의 책임을 모면하고 개인으로서의 삶을 살도록 길을 열어 주었지만, 경제적 무능력을 해소하지 못한 도경의 처지는 불리한 조건으로 작용한다.

> 나이 이십이 가까우니 장가들고 싶은 생각이 상당히 강하였다. 게다가 실단이를 그리워하는 마음이 억제하기 어렵도록 강하였다. 나는 몇 번이나 실단이 아버지에게 내 뜻을 고하는, 이를테면 청혼 편지를 썼으나 하나도 부치지는 아니하고 다 찢어버렸다. 집도 한 간 없는 중학생 녀석이 남의 딸을 노리는 것이 몰염치한 것 같았고, 그렇다고 해서 내가 성공하여 처자를 칠 만한 힘이 생길 때까지 실단이를 시집보내지 말고 기다리게 하여 달라는 것은 더욱 뻔뻔스러운 일이었다.(390쪽)

주인공의 위축감은 집안의 몰락과 경제적 형편 때문인데 그 상황의 극복은 "공부를 마치어서 학사, 박사가 되어서"(395쪽)야 비로소 가능한 것으로 인식된다. 그러나 과거제가 폐지되었고 유학을 통해 공부를 계속하는 길만이 목표달성의 유일한 방책이라고 여기는 도경의 시대착오적 사고는 현실의 벽에 부딪치고, 실단과의 결혼은 성취하기 힘든 요원한 꿈일 뿐이다. 결국 유학을 중단하고 실단과의 결혼에도 실패한 채 시골 학교에 교사로 취직을 하는 주인공은 좌절감과 위축감으로 황폐해진다. 혼인을 권하는 문씨 남매의 중신에 갈등하는 주인공의 내면은 이를 잘 반영하고 있으며, 경제적 몰락에 대한 열등감과 자존심이 대결을 벌인다.

> 논섬지기라는 말은 의외에 들리는 반가운 말이었다. 「논섬지기!」 나는 우리 집 쇠운머리에 태어나서 논섬지기라는 것을 본 일이 없을 뿐더러 그런 큰 재산을 가지리라는 생념도 못 하였다. 열다섯 살 난 처녀와 논섬지기가 함께 굴러 들어온다는 것은 꿈같았다. 내가 교사 노릇을 평생을 하더라도 그런 재산이 생길 수는 없었다. 그러나 나는 이런 생각에 대하여서 스스로 부끄러워하지 아니할 수도 없었다. 나 자신의 작고 낮음에 대하여서 반감까지 생겨서,
> 『그러기로 사내가 처덕을 바라겠어요?』하고 가장 강경하게 부인하였다.
> 문의 누님은 내 말이 의원 듯이, 또는 내 말 속에 숨은 뜻을 캐려는 듯이 이윽히 나를 정면으로 바라보았다. 그 눈은 어떻게나 영리한 눈인지, 나는 내 말과는 다른 속을 잡힐 것 같아서 슬쩍 외면하였으나 내 낯은 활활하였다.(427쪽)

집안의 몰락과 가난으로 이어지는 주인공의 처지는 전환점을 맞게 된다. 학문으로써 가문을 회복하려던 일차적인 소망이 좌절된 주인공에게 경제적으로 윤택한 집안 여성과의 혼인은 하나의 돌파구가 된다.

「무정」에서 영채의 유학은 병욱의 집안이 제공하는 경제적 지원에서 가능하였으며, 이형식 역시 선형 집안의 뒷받침으로 유학의 길에 오르고 학문을 통한 민족과 국가에의 이바지를 논하게 된다. 이렇듯

학문의 길은 경제력과 밀착된 관계를 형성하고 있으며, 혼인에 있어 재산의 문제는 주인공의 내적 갈등을 유발시킬 만큼 절대적인 변수로 작용하고 있었음을 가늠할 수 있다. 그러나 이광수의 성장소설에서 갈등의 구조는 애정과 경제력 사이의 대립으로부터 시작된다. 「무정」의 주인공인 영채는 애정의 성취에 실패하는데, 형식의 선택이 애정보다는 집안의 경제적 능력을 우선으로 하고 있기 때문이다. 조동일은 「홍길동전」에 이르기까지의 영웅의 일생에서는 혼인이 주인공의 승리를 장식해 주는 역할만 하고 그 이상의 의미는 없었으나 「조웅전」에 와서는 절실한 내면적 요구를 가지고 애정을 성취하는 행위로 묘사된다고 지적한다.[75] 서로 혼인하기로 약속한 남녀가 이별을 강요하는 세계의 횡포 때문에 많은 고난을 겪다가 마침내 인연을 이루는 男女離合의 사건은 영웅소설의 변모과정에서 나타나는 새로운 것이고, 주인공이 일상적인 인물로 바뀌면서 가능하게 되는 소설 발전의 중요한 양상의 하나이다. 「나」의 주인공인 도경은 실단과 서로 사랑함에도 불구하고 경제적 무능 때문에 애정 성취에 실패하였으며, 이로 인하여 좌절감에 빠지고 세계와의 대결을 체념하는 면모를 보인다. 애정 성취의 측면이 주인공에게서 차지하는 비중이 매우 커졌음을 확인할 수 있다. 실단과의 연애에 실패한 주인공은 재산을 앞세운 혼담을 성사시키고, 경제력에 굴복한 결혼생활로 인한 방황은 불륜의 과오로 이어진다.

　　나는 나를 누르기가 심히 어려움을 느꼈다. 그것은 실단에 대한 것
　　과 같은 정신적인 것과는 달라서 아주 동물적인 것이었다. 나는 실단과

---

75) 조동일 앞의 글, 323쪽. 신화적 능력을 가지고, 일상인이 상상하기 어려운 활약을 하는 주인공에게는 애정이 중요하지 않다. 그러나 조웅처럼 세계가 강요하는 고난 때문에 고독하게 방황하는 주인공의 경우에는 애정 성취가 그 자체로도 간절히 바라는 바이고, 세계와의 대결에서 자신감을 가지기 위해서도 필요하다는 것이다.

마지막으로 둘이 있을 때에는 결코 이러한 욕망을 가지지 아니하였다. 도리어 종교적인 거룩하고 엄숙한 사모하는 마음을 가졌을 뿐이다. 그 것은 지금 문의 누님에 대한 감정에 비기면, 형제나 자매에 대한 것이 지 남성이 여성에 대한 정열은 아니었다. 그런데 웬 일일까. 그로부터 불과 일 년에 나는 소년의 감정을 버리고 수컷 짐승의 정욕을 품게 되 었다.(448쪽)

주인공의 갈등은 실단에 대하여 품고 있었던 플라토닉한 애정도, 문의 누님에 대한 정욕도 현실적으로 인정받을 수 없는 소년기 방황 으로서의 성격을 갖는다. 가문을 중시하는 결혼관과 유교적 윤리관 을 존중하는 사회의 규범 속에서 일탈은 허용되지 않았다. 한 개인 으로서보다는 가족구성원, 사회구성원으로서의 정체성에 우위를 두 는 가치관을 반영하고 있기 때문이다.

실단이에 대한 실연과 문의 누님에 대한 불의의 관계는 내 정신에 큰 타격을 주었다. 초년고생이 끝나고 이로부터 앞으로는 순풍에 돛을 단 듯이 만사가 형통할 줄 알았던 희망의 앞길에는 수없는 가시밭이 보이고, 나는 죄가 없노라, 눈과 같이 희고 깨끗하여서 하느님과 다름 없는 권위를 가지고 천하를 호령할 수 있다던 내 양심에는 지워버릴 수 없는 검은 점이 박혔다. 나는 문의 누님과의 단 한 번의 실수가 이 처럼 내 혼에 큰 생채기를 낼 줄은 몰랐다.(452쪽)

문의 누님과의 불륜관계는 단 한 번의 실수였지만 주인공에게 커 다란 상처로 각인된다. 이 사건은 <스무 살 고개>의 중심축이 되고 있는 입신과 구원의 길 모색에 있어 주인공에게 긴장감을 유지하게 하는 장치로서의 기능을 한다. 성장소설의 주인공은 전이 단계에서 의 시련을 통하여 사회의 규범적 가치관을 수용하고 동화됨으로써 통합의 단계에 이르게 되지만 「나」의 주인공인 도경은 과오에 대한 죄의식과 상처 때문에 이를 정화하기 위해 비약적 변모를 꾀한다.

▷ 3단계—종교적 수용을 통한 극복 및 승화

<스무 살 고개>의 아홉째 이야기는 주인공이 시골 중학교의 교장이 되고 성직자로서의 길을 자청하여 종교생활로써 자신의 새 삶을 설계하는 성년으로의 진입과정이다. 이 작품의 통합 단계는 종교적 구원의 모색이라는 초월적 세계를 개입시키는 등 낭만적 이상주의를 반영한다. 과거제의 폐지로 진로가 좌절되고, 가문이 몰락하여 경제적 기반을 상실한 주인공은 그로 인하여 애정의 성취에도 실패한다. 심각하게 손상된 자아는 결국 세계와의 대결을 포기하고 종교에 의존한다. 세계를 정화하고 자아를 회복하려는 욕망이 훼손된 세계에서의 고독한 가치 추구를 포기하고 절대자에 의한 구원을 도모하도록 만든 것이다.

> 종교에 몸을 바친 사람은 신의 욕망을 모방한다. 그에게 신은 절대자요, 이상적인 모델이다. 어떤 행동을 하든지 어떤 꿈을 쫓든지 어떤 목표를 세우든지 그는 늘 변치 않는 절대자의 시선 속에 산다. 절대자의 욕망을 모방하는 경우 다시 말하면 '주체와 매개자의 거리가 먼 경우' 주체는 평안 속에 대상을 추구한다.[76]

주인공의 학문에 대한 열망은 부모의 욕망을 매개한 것인데, 그로 인해 주인공은 실단과의 연애에 소극적인 태도를 보이고, 공부를 명분으로 망설이는 동안 실단과의 결혼이 좌절되고 만다. 또한 문의 누님과의 불륜관계 후 충격을 받은 주인공은 절대적 권위의 하느님을 매개자로 모방하면서 전환점을 맞이하게 된다. <스무 살 고개>에서 주인공은 시골 중학교의 교장으로서 국가의 장래를 걱정하고 문의 누님에게도 기독교에의 귀의를 권유하는 등 적극적인 전도자의

---

76) 권택영, 『소설을 어떻게 볼 것인가』, 197쪽.

길에 적극 나섬으로써 스스로의 자만을 참회하고 매개자의 전이를
통한 변화를 드러낸 것이다. 실단과의 마지막 만남에서조차 매개자
의 시선으로 그를 바라봄으로써 관조적 자세를 갖는다.

> 「정말 중은 누더기 하나로만 살아야 한대요……커단 집에 배불리 먹
> 고, 뜨뜻이 불 땐 방에 포근한 요 깔고 가쁜한 이불 덮고 그리고 남편
> 이니 아내니 하고 호강스럽게 살지니깐 모두 걱정이지, 그 욕심만 버리
> 면야 무슨 걱정야요?」
> 하던 그 복음을 내게 전하러 이 세상에 나왔던 것인가. 그리고 저는
> 「그 욕심만 버리면」 하던 그 욕심을 버리려고 애를 쓰다 못 하여 죽어
> 버린 것일까.
> 그러나 내 소년시대의 마지막을 더럽힌 문의 누님사건을 반복하지
> 아니하고 실단이와의 깨끗한 작별로 내 청년시대의 허두를 삼은 것을
> 다행으로 여길까.(574쪽)

성장소설은 주인공의 미성년기를 다룬다는 특성으로 인하여 매개
자의 전이를 쉽게 상정할 수 있다. 소년시절의 주인공들은 자연스럽
게 부모의 욕망을 매개하게 되고, 자의든 타의든 부모를 떠나 새로
운 세계와 사건들을 마주치게 되면서 기존의 사고와 욕망에 대하여
회의하고 갈등함으로써 이전과는 다른 인식체계를 가진 성인으로 거
듭나게 된다. 이 과정에서 매개자의 전이가 일어날 수 있으며, 「무정」
의 영채가 겁탈사건 이후 자살행을 통하여 아버지로부터 병욱으로
매개자를 전이하였다면 「나」의 주인공 김도경은 연애실패 및 문의
누님과의 불륜관계를 계기로 매개자를 부모로부터 종교적 절대자인
신으로 전이한 것이다. 이렇게 본다면 이광수의 성장소설인 「무정」
과 「나」는 일관된 구조를 갖는 작품으로서 소년기의 가족 이탈, 이
성을 통한 시련의 체험, 매개자 전이를 통한 성인으로의 입문이라는
단계의 공통점을 보이며, 통합의 단계에 이르러 주인공들은 국가와

민족의 구원이라는 소명의식을 갖는 등 위대한 인물로의 지향을 드러낸다.

이광수의 성장소설이 도달하고 있는 초월적 성장은 영웅의 일생이 보유하고 있는 결말의 성과와 상동성을 가지면서도 구시대적 가치관으로의 회귀가 아닌 새로운 가치에의 지향을 드러낸다는 점에서 영웅소설과는 다른 현실적 측면을 드러낸다. 주인공의 성장환경으로부터 비약적인 성과를 이끌어냄으로써 이광수 성장소설의 '성장'의 의미는 이상적 세계의 동경이라는 차원에 머물고 있다.

제4장
현실적 세계관 및 구원의 메시지
: 황순원의 성장소설

황순원의 성장소설은 주로 단편소설인 「별」, 「산골아이」, 「닭祭」, 「소나기」 등을 중심으로 논의되어 왔다. 유년기 소년 소녀들의 이야기를 통하여 "목가적이고 서정적인 색채로 충만했던 세계가 살벌하고 공허한 현실세계로 무너지는 과정에서 일어나는 삶의 경험을 상징적으로 묘사"[77]함으로써 황순원은 성장소설 논의에서 독보적인 위치를 차지하는 작가로 인식되고 있다. 이 책에서는 장편소설인 「별과 같이 살다」와 「일월」을 통하여, 단편소설들이 보여주는 동화적인 세계로부터 진일보된 주인공의 현실적인 세계 인식과 성년으로서의 자아 획득에 주목하고자 한다. 「별과 같이 살다」의 주인공 곰녀는 "자연주의적인 환경 가운데에서도 어디까지나 이기적이고 동물적인 자신의 욕망을 버리고 <신의 의지>라 할 수 있는 역사적인 힘이 구체화된 人間愛에 복종해서 어려움에 처해 있는 다른 사람들을 이해하고 돕는 일에 남은 생을 바친다."[78] 이 작품은 일대기적 형식을 통하여 한 여성 인물의 성장과정을 보여준다. 「일월」의 주인공 인철은 백정의 후예로서 "자신이 걸어가야 할 올바른 방향을 정하기 위하여 참여자로서 혹은 <관객의 입장에서> 여러 방향으로 길을 모색"[79]하는 과정을 통하여 세계 속에서의 자아를 발견함으로써 비로소 성인의 사회로 진입한다.

---

77) 이태동, 「實存的 現實과 美學的 顯現」, 『황순원 연구』, 문학과지성사, 1985, 74쪽.
78) 위의 글, 81쪽.
79) 위의 글, 90쪽.

1. 운명적 삶과 현실적 구원: 「별과 같이 살다」

이 작품은 열두 개의 장으로 구성되어 있으며 주인공인 곰녀의 일대기 형식으로 진행된다. 그러나 보통의 일대기 소설과는 달리 곰녀가 20세가 되는 봄에 이야기가 끝을 맺음으로써 성장소설로서 논의될 수 있는 근거를 제공한다. 이 시점에서 이야기가 종지부를 찍는 것은 이제까지 일관되게 이어져 온 곰녀의 삶이 어떤 식으로든 전환점을 맞이하게 되었음을 시사하는 것이며, 이 전환점을 계기로 긍정적인 삶의 전도를 예비하는 것이다. 즉 "곰녀가 이제야말로 단군신화에 나오는 웅녀의 시험과 같은 과정을 끝내고 참다운 삶을 출발시키기에 적당한 나이에서 소설이 끝난다는 점을 들어 이 작품 전체가 하나의 입사담과 같은 성격을 띤다고 규정하여 논의를 진행할 수 있을[80] 것이다.

이 작품은 입사담의 성격을 가지고 있으면서도 일대기 형식을 취하고 있으므로 성장의 시기에 따라 곰녀의 삶을 세 단계로 분화하여 그 변화과정을 추적할 수 있다. 첫 번째 단계인 곰녀의 출생에서부터 열두 살까지의 시기는 고난의 연속이라고는 하나 원초적인 혈연관계를 이어가고 있는 부분이다. 「별과 같이 살다」는 현대 성장소설들이 성장의 계기를 맞게 되는 소년기 또는 그 이후의 시기에 관심을 집중하는 것과는 대조적으로 출생으로부터 시작함으로써 이광수의 「나」와 유사한 일대기 형식으로 진행된다. 그러나 부모에 대한 비교적 상세한 언급에도 불구하고 곰녀와 부모 사이의 혈연적 유대감이나 정체감을 공유할 만한 환경이 조성되지 못함으로써 곰녀는 출생 시부터 가족의 유대를 결여한 채 삶의 행보를 시작한다.

---

80) 이동하, 「파멸의 길과 구원의 길」, 『물음과 믿음 사이』, 민음사, 1989, 139쪽.

▷ 1단계-사고무친 및 외모 콤플렉스

주인공 곰녀는 몇 대째 땅밖에 팔 줄 몰랐던 농부의 딸로 태어난
다. 몇 대째 외아들 손으로 내려오는 집안에서 첫아들을 못 본 게
서운하다 하여 후남이라는 이름을 얻게 되지만, 곰이의 딸인데다가
인물이 예쁘지 못하고 아버지를 닮았다고 하여 마을에서 곰녀라는
이름으로 불리게 된다. 결국 곰녀는 출생 시부터 자기 존재의 정체
성을 부여받지 못한 인물로 출발하고 이러한 환경은 곰녀의 성격을
규정하는 근본적인 요인으로 작용한다. 먼저 후남이라는 이름은 곰
녀가 여성이라는 불리한 조건에 서 있으며 여성이기 때문에 제대로
대접받지 못하는 삶을 영위해 나갈 수밖에 없으리라는 운명적 암시
이다. 또한 후남이라는 자기 이름에도 불구하고 주위 사람들에 의해
곰녀로 명명되는 것은 우선적으로 정체성이 미약한 이름을 부여받음
과 동시에 주인공이 외모 콤플렉스를 안고 출발하고 있음을 보여주
는 것이다.

곰녀는 단군신화의 웅녀와 그 이름이 유사해 동질성을 부여받곤
한다. 웅녀는 곰이 환생한 인간의 이름이다. 그런데 곰녀라는 이름의
명명과정에는 그의 아버지 별명이 곰이었다는 점과 예쁘지 않은 외
모가 주된 이유로 작용한다.

> 곰녀의 이름도 처음에는 몇 대째 외아들 손으로 내려오는 터라 첫아
> 들을 못 본 게 서운하여, 다음에나 꼭 아들을 낳으라고 후남이라 지었었
> 으나, 어느새 마을에서는 곰이의 딸이라는 것과 후남의 인물이 이쁘지
> 못하고 아버지를 닮았다는 데서 곰녀라는 이름으로 불리우게 되었다.[81]

---

81) 황순원, 「별과 같이 살다」, 『황순원전집 6』, 문학과지성사, 1981, 16쪽.
이하 본문 인용은 쪽수만 기입한다.

이름은 그 존재를 규정하고 삶의 의미를 한정하는 기호로서의 가치를 지닌다. 곰녀의 이름이 곰녀－삼월이－유월이－후꾸꼬－후꾸짱－복실이로 바뀌는 동안 그 이름이 부여되는 상황과 처지에 따라 곰녀의 운명도 달라진다. 후남이에서 곰녀로 명명될 때 그것을 저지할 힘이 없었던 것처럼 김만장의 집으로 들어간 후 단지 '이름이 상스럽다'는 이유로 삼월이라 명명될 때에도 곰녀는 아무런 저항을 하지 못한다. 유월이는 술집 작부로서 부여받은 이름이다. 술집이라는 환경과 작부라는 위치에 걸맞게 부여된 이름인데, 곰녀의 이름이 이렇듯 변화되는 것은 곰녀의 삶에 대한 수용자세를 대변하는 것이기도 하다. 후꾸꼬와 후꾸짱은 창씨개명에 따른 일본식 이름인데 이 역시 정체성 및 주체성 상실의 일변도를 잘 반영하고 있다. 복실이라는 이름은 곰녀의 이름들 중 가장 긍정적인 이름이라 볼 수 있다. 그 시기가 해방과 함께 맞은 하르반과의 만남, 그리고 새 삶의 희망들과 맞물려 있음을 보아도 다소 행복했던 시기를 반영한 긍정적인 이름임을 알 수 있다.

그런데 작가는 줄곧 '곰녀'라는 이름으로 주인공을 명명하고 있다. 이는 작가가 곰녀의 삶을 그려나감에 있어 그 중심을 곰녀적인 성격에 두고 있음을 반영하는 것이다. 웅녀가 시련을 견뎌내야만 인간이 될 수 있었듯이 곰녀는 주어진 시련을 견뎌낸다. 곰녀에게 주어지는 시련도 역시 웅녀의 그것과 같은 시험의 단계요 반드시 겪어내야만 하는 통과의례로 해석할 수 있다. 웅녀가 인간이 되고 싶어 한 것은 일종의 콤플렉스로 볼 수 있다. 곰으로서의 자기 존재에 대한 콤플렉스가 곰으로 하여금 인간이 되기 위한 시련의 과정을 인내하게 하였던 것이다. 즉 한층 진일보한 단계로 진입하기 위해서는 겪어내야만 하는 고행의 과정이 항시 존재하는 것이다. 곰녀의 경우 콤플렉스는 두 가지 측면으로 상정된다. 그 하나는 고아 콤플렉스이며, 다른 하나는 외모 콤플렉스인데, 곰녀의 외모 콤플렉스는 이름의 명명

과정에서부터 예비되어 있었으며, 그것이 본격적으로 인식되는 것은
계부로부터의 폭언에 의해서다.

곰녀의 아버지는 열네 살에 고아가 되었으며, 곰녀 어머니 또한
배나무 집 할머니가 얻어다 기른, 내력을 알 수 없는 여자로 두 사
람은 다 같이 젊은 나이에 죽음을 맞게 된다. 곰녀의 아버지는 그
죽음마저도 다른 사람의 것으로 오인됨으로써 일제 강점기 노동력
수탈의 역사 속에서 인간존엄성을 확보하지 못했던 삶의 현실을 보
여주며, 그것은 곰녀의 삶에 그대로 이어져 반복된다. 한편 곰녀 어
머니는 개가 후 난산으로 죽게 되고, 곰녀는 완전한 고아가 된다.

▷ 2단계 - 운명의 소용돌이와 몰락의 길

곰녀는 아직 어린 나이로서 정체성에 대한 인식이 없는 상태이면
서도 고아가 된 자신의 처지를 어렴풋이나마 깨닫는다. 때마침 의붓
아버지에 의하여 부정적인 정체성을 부여받게 되는데, 자기 존재에
대한 부정적 인식은 곰녀의 기억 속에 각인되어 콤플렉스로 작용하
면서 두고두고 곰녀의 삶에 영향을 미친다.

곰녀 어머니 장례를 치른 지 며칠 안 된 어느 날, 곰녀와 전처의 딸
이 이번에는 갓난애를 두고 싸움을 했다. 제각기 자기의 애라는 것이었
다. 이제는 곰녀 편에 어머니가 없다는 것이 전처의 딸에게 새로운 용
기를 준 듯했다. 그러나 이번에는 전처의 딸이 곰녀를 할퀴고 꼬집기
전에 곰녀 편에서 전처의 딸의 앞가슴을 냅다 떠 밀쳤다. 전처의 딸은
어울려 겨룰 새도 없이 뒤로 나자빠지며 울음보를 터뜨렸다.
곁에서 이것을 보고 있던 곰녀 의붓아버지가 곰녀더러, 문둥이 같은
것 꼬라지가 곰 같아 가지고 미웁스럽기만 하다고 꾸짖었다. 그러자 곰
녀는 곰이 어떻게 생긴 것인지는 모르건만 문둥이보다도 무척 나쁜 것일

것만 같고, 그러니 꼬라지가 그런 자기는 영 이렇게 귀여운 갓난애를 자기 애라고 부르지 말라는 것만 같아 울음을 터뜨리고 말았다.(41쪽)

곰녀가 자신의 존재에 대하여 인지하게 되는 시점이다. 불과 서너 살 때 일이지만 곰녀가 이미 눈치로써 자기의 환경을 어느 정도 파악하고 있었음을 엿볼 수 있다. 곰녀에게 어머니가 없다는 사실이 전처 딸에게 용기를 주는데다가, 의붓아버지까지 자신을 꾸짖고 나서자 곰녀는 문득 자신의 존재와 처지를 깨닫고 설움을 느낀다. 또한 '문둥이' 또는 '곰' 같다는 의붓아버지의 표현을 통하여 자신의 외모에 열등감을 갖게 된다. 곰녀의 자기 존재에 대한 인식은 배나무 집 할머니로부터 들은 콩쥐팥쥐 이야기로부터 성숙되기 시작하고 곰녀는 자신을 콩쥐와 동일시함으로써 자신의 현재 처지를 판단하거나 차후의 행동방향을 결정하는 준거로 삼는다. 또한 의붓아버지의 말에서부터 비롯된 외모에 대한 콤플렉스 역시 서울 상경 후에도 곰녀의 의식 속에 남아 곰녀의 생활방식에 영향을 끼친다.

콩쥐가 의붓어미에게 쇠호미로도 하루 종일 다 못 맬 밭을 나무호미로 매라는 분부를 받고 김을 매다가 그만 나무호미가 부러져 어찌할 바를 몰라 울고 있을 때의 가엾음과, 의붓어미가 제가 낳은 딸 팥쥐와 같이 잔치 구경을 가면서, 콩쥐 보고는 밑 빠진 독에 물 한 독 긷고, 조 한 섬 찧고, 베 한 필 짜고 나서야 오라는 분부를 받고 어찌할 바를 몰라 울고 있을 때의 가엾은 대목에 이르러서는 곰녀 제가 콩쥐나 된 듯이 절로 눈물이 솟는 것이었다.
곰녀는 할머니를 도와 들에서 김을 매다가도 문득 이 콩쥐팥쥐 이야기를 생각하고는 어린 마음에도 자기는 지금 쇠호미를 가지고 더구나 의붓어미 아닌 외할머니와 같이 김을 매고 있으니 콩쥐의 신세보다는 낫다는 생각 같은 것을 하는 것이었다. 그런 때면 곰녀는 또 으레 어린 마음에도 그렇게 콩쥐의 신세보다 나은 자기는 그러니까 더 열심히 김을 매야 한다는 생각 같은 것을 하는 것이었다.(43-44쪽)

배나무 집 할머니는 곰녀의 어머니를 길러준 사람으로서 곰녀에게는 외할머니뻘이 된다. 비교적 평화로운 생활을 하게 되지만, 곰녀는 자신의 처지를 가늠하고 고아로서의 자신의 처지에 걸맞은 대응책을 마련해 간다. 콩쥐와의 동일시는 자기 존재에 대한 자각이면서 동시에 삶을 지탱하는 유일한 힘이다. 그런데 의붓어머니가 콩쥐에게 부과하는 불가능한 과제들은 오히려 콩쥐에게 그것을 극복하여 행복을 찾도록 하는 계기가 된다. 그런 의미에서 의붓어머니는 나쁜 의도로 콩쥐에게 시련을 줌으로써 본의 아니게 콩쥐가 자기실현을 하도록 도와주는 성인식(成人式)의 주재자(initiator)[82] 역할을 한다. 곰녀가 만나서 겪게 되는 시련의 수혜자들도 마찬가지다. 그들 모두가 곰녀로 하여금 성장의 문턱을 넘도록 채근하는 사람들로서, 곰녀는 콩쥐처럼 순종하고 열심히 일을 하는 것만이 자신이 살아갈 방도라고 여긴다.

유년기 동안 부모 밑에서 성장하는 여자아이들이 받게 되는 일체의 가정교육을 모르고 자란 곰녀에게 있어 열두 살에 이르기까지 배나무 집 할머니와의 생활은 성장기 곰녀의 의식세계를 형성하고 이후의 삶의 과정들까지도 지배하는 역할을 하게 된다. 그런데 이 부분은 시기로 보아 칠팔 년이나 되는 세월임에도 서술되는 분량은 아주 적다. 또한 그중 많은 부분이 할머니가 들려주는 '진상 가는 이야기'로 채워져 있다. 여기 등장하는 옛이야기는 재미있는 이야기라는 단순한 기능 외에도 곰녀가 앞으로 겪어 나가게 되는 삶의 성격을 암시해 주는 역할을 한다. 곰녀가 세상사를 접하게 되는 방식이 주로 이야기를 통해서이기 때문이다. 곰녀가 실제로 만나고 겪어 나가는 사람은 김만장, 유곽의 포주, 손님들, 산옥이, 홍도, 주심이, 하르반 등의 인물이 고작이고 그 관계 또한 오래가지 못한다. 한편 이 작품에는 곰녀가 직접 만나는 사람 이외에도 여러 사람의 삽화가 들

---

82) 이부영, 『그림자』, 한길사, 1999, 243쪽.

어 있다. 삽화 속의 인물들은 곰녀와 직접적인 관계가 없기 때문에 그 이야기들은 곰녀가 배나무 집 할머니에게서 듣던 옛이야기들과 성격이 다르지 않다. 황순원의 작품에서 이야기는 공동체적인 삶 속에서나 가능했던 겨레의 기억과 경험을 오늘의 현실 속에 재현하려 한다는 점에서 하나의 제의적 장치[83]로 볼 수 있다.

서울 생활에서 듣게 되는 삽화들 역시 때때로 위안을 얻고 마음을 가다듬게 하는 기능을 할 뿐 곰녀의 삶에 결정적인 메시지를 던져 주거나 변화의 계기를 만들어 주지 못한다. 이 삽화들은 곰녀에게는 어린 시절의 옛이야기와 마찬가지로 현실감이 없는 이야기들인 것이다. 곰녀가 줄곧 삶의 현실성이나 적극성과는 거리가 먼 설화 속의 인물처럼 느껴지는 것은 그 때문이다. '별과 같이 살다'라는 작품의 제목도 그런 연관성을 가진다. 곰녀에게 세계는 '선험적 고향'으로서의 의미를 지닌다. "세계는 무한히 광대하지만 마치 자기 집에 있는 것처럼 아늑한데, 왜냐하면 영혼 속에 타오르는 불꽃은 별들이 발하고 있는 빛과 본질적으로 동일하기 때문"[84]이다. 황순원은 "설화적 표현 형식을 통하여 본질의 세계를 추구"[85]하고 있는 것이다.

곰녀는 열두 살이 되자 어른 한몫의 일을 해내게 되고, 김만장의 요청으로 대구에 있는 그의 집에 가서 살게 된다. 성년식에 있어서의 연령적 범위는 사춘기라는 신체적 변화의 시기와는 다른 것으로 인식된다. 통과의례에 있어서의 성장은 정신적 성숙의 의미를 동반하기 때문에 생리적 연령으로써 규정하기 어렵기 때문이다.[86] 곰녀는 이 단계에서부터 몰락의 길을 걷게 된다. 의붓아버지에게서 쫓겨나 배나무 집으로 업혀온 과정이 완전히 타의에 의해서였듯이 배나

---

83) 박혜경, 「현세적 가치의 긍정과 미학적 결벽성의 세계」, 『황순원』, 새미, 1998, 108쪽.
84) 게오르그 루카치, 『소설의 이론』, 29쪽.
85) 우한용, 『한국현대소설구조연구』, 158쪽.
86) A. 반겐넵, 『통과의례』, 110-118쪽. 참조.

무 집에서 김만장의 집으로의 이동도 역시 곰녀의 의지와는 상관이 없으며 곰녀도 이 결정을 묵묵히 받아들인다. 뿐만 아니라 김만장의 존재에 대하여 그 아버지 대로부터 이어온 절대적 지위에 대한 두려움까지 그대로 답습하여 김만장과의 관계에서 곰녀는 절대적으로 순종하는 태도를 갖는다. 열여섯이 된 가을에 김만장에게 겁탈당하고 그의 작은 아들로부터 같은 일을 겪은 후에도 상황의 의미를 깨닫지 못한다. 아버지와의 관계를 알게 된 김만장의 작은 아들에게 구타를 당하면서도 곰녀는 그 영문을 알지 못한 채 혼자서 눈물을 흘리며 지난날 배나무 집 할머니에게 듣던 콩쥐의 이야기를 떠올린다.

> 그래도 그때 콩쥐에게는 하늘에서 내려온 황소가 쇠호미니 능금이니 가져다주고, 두꺼비가 와서 밑 없는 독 밑창에 엎드려주고 참새들이 날아와 먹지 말고 까주자 하며 조 한 섬을 다 까주고 하늘에서 내려온 선녀가 잠깐 사이에 베 한 필을 다 짜주고 했는데? 그러니 자기는 콩쥐보다 더 가엾다. 새로운 눈물이 자꾸 흘러내렸다.(55쪽)

콩쥐처럼 열심히 일을 한 것은 콩쥐와 같은 보상을 기대한 행동이었으나 보상을 받기는커녕 매를 맞게 된 처지에 곤혹감을 느낀다. 곰녀는 부여된 상황에 순응할 뿐 자기의 본능을 억압해 왔기 때문에 적절하게 대응하는 능력을 키우지 못한다. 설화 속에 등장하는 동물들은 주인공이 오랜 시간 공들여 돌보아온 존재로서 등장하는데, 이들은 주인공의 내재된 본능으로 파악된다. 동물을 돌보는 행위는 본능을 돌보고 가꾸는 것과 같은 의미로서 파괴적 욕망과 맞서 그 충격을 상쇄해 주는 작용을 한다.[87] 그러나 곰녀는 억압에 순종으로 일관할 뿐 본능을 돌보지 않았기 때문에 고난을 해결하지 못한다.

김만장의 부인에게 쫓겨나 서울이라는 미지의 공간으로 향하는 곰

---

87) 이부영, 『그림자』, 250쪽.

녀는 두려움과 불안감을 떨쳐버리지 못한다. 의붓아버지에게 쫓겨날
때나 배나무 집 할머니에게서 김만장의 집으로 갈 때는 행선지가 정
해져 있었지만 서울행에서는 완전히 고립되는 상황에 놓인다. 곰녀
의 나이가 열여섯 살이지만 홀로 격리된 상황을 헤쳐 나갈 아무런
능력이 없다. 열두 살의 영채가 남장을 하고 아버지를 찾아 평양으
로 가는 상황과는 대조적이다. 영채는 잃어버린 가족을 찾고 가정을
회복하려는 의지에 따라 도정에서의 역경을 이겨내고 목적지에 도착
한다. 그러나 곰녀는 아무런 목적도 없이 떠밀려서 상경하게 된다.
영채는 부친을 구원하기 위한 돈을 마련하고자 기생이 된다. 돈을
사기당하고 아버지가 죽은 후에도 영채는 형식에 대한 집착으로 정
조를 지키며 그의 아내가 될 날을 기대한다. 그가 어려서 받은 가정
교육과 아버지로부터 받은 결혼 허락 때문이다. 그러나 곰녀는 일찍
부터 남의 집에 얹혀살며 혼자 눈치로 살아가는 방식을 터득했기 때
문에 누군가에게 얽매이지 않고 스스로 상황에 적응할 힘이 없다.
이렇듯 상반되는 상황은 앞으로 전개되는 곰녀의 삶이 영채의 그것
과는 판이하게 다르리라는 것을 짐작하게 한다. 결국 곰녀는 인신매
매꾼에 의하여 윤락녀의 길로 빠져든다.

　인신매매꾼을 구원자로 여겨 의지하고 정체를 알지 못한 채 술집
작부로, 다시 윤락녀로 팔려 다니는 동안 곰녀는 의붓아버지에 의해
각인된 외모 콤플렉스의 자극을 받게 되고, 그 결과는 노동을 통하
여 자신의 처지를 보상받겠다는 대응방식으로 드러난다. 노동력으로
자신의 존재가치를 확인하려는 것이다. 곰녀가 노동과 밀착되어 있
다는 사실은 "그가 매우 건강한 신체의 소유자라는 점과 관련되는
것이면서 그의 마음속에는 언제나 타인을 위한 헌신의 자세가 확립
되어 있음"[88]을 나타내는 것이다. 외모 콤플렉스로 좌절하거나 세상

---

88) 이동하,『파멸의 길과 구원의 길』, 135쪽.

을 원망하기보다는 그 사실을 수용하고 다른 능력으로 인정을 받으려는 태도를 가짐으로써 곰녀는 삶에 긍정적인 전환점을 맞이할 수 있는 토대를 구축해 가는 것이다.

> "대가리 크구 목이 밭구 한 년은 받는 소걸애서 부리기 힘들거등, 만주서 그런 엠나이 하나 만냈다가 정말 뽕빠댔대서, 받는 소처럼 증만 부리구 어디 손님을 끌어줘야 말이디, 즘생 말 안 듣는 건 잡아나 먹디, 사람 말 안 듣는 건 잡아두 못먹구 야단이야, 아까 그런 거 사가는 사람 정말 큰일나디 않으리……"
>
> 하는 말이, 그건 다른 누구를 두고 하는 말이 아니고 곰녀 자기를 두고 하는 말이어서 자기도 모르게 서서 들었다.
>
> 자기더러 받으려는 소 같다고 한다. 그럼 이렇게 소 같은 자기가 여기 서 있다는 걸 어둠 속 사나이들이 알아보기라도 하면 어쩌나 싶어, 곰녀는 이번에는 급히 방으로 들어가 버리고 말았다.
>
> 곰녀는 방안의 애들이 모두 자기보다는 잘나 보였다. 이 애들뿐만 아니라 세상 사람이 모두 자기보다는 잘났다고 생각됐다. 그러니 자기는 못생긴 값을 해서라도 받는 소처럼 증을 부리거나 하지 말고 부지런히 일을 해야 한다는 것이었다.
>
> 다음 날부터 곰녀는 한층 몸을 아끼지 않고 자기가 할 일을 했다.(73쪽)

자신의 처지를 수긍하고 노동으로써 자신의 길을 열어가는 곰녀의 생활은 삼월이에서 유월이로 유월이에서 복실이로 다시 후꾸짱으로 후꾸꼬로 바뀌는 동안 지속된다. 인신매매꾼에 팔려 접대부로, 윤락녀로 변모하는 동안 긍정 또는 부정의 방향으로 향하는 목표의식이나 삶의 의지는 발견되지 않는다. 오직 명명자들의 기대와 지향하는 바에 순응하면서 열등한 외모를 노동으로 보상하려 할 뿐이다. 그러므로 곰녀에게 욕망의 매개자는 늘 같은 위치에 존재하고 그 이름과 욕망의 대상만 바뀔 뿐 관계구조의 역학은 변하지 않는다. 즉 김만장으로부터 인신매매꾼, 술집의 포주 등에 이르기까지 억압자들의 욕망을 대리하는 삶의 과정을 보여주는 것이다. 더구나 자신의 약점을 보완하기 위해 열심히 일해야 한다는 사고를 끝까지 놓지 않는다.

▷ 3단계―자아 발견 및 홀로서기

해방이 되고 하르반과의 살림을 시작하게 되면서 곰녀의 삶에도 다소의 희망과 행복이 찾아든다. 가족구성원으로서의 소속감을 느껴본 적이 없는 곰녀는 불안을 느끼면서도 행복감에 젖는다. 곰녀의 성장기 체험 중에서 유일하게 행복한 기간이라고 할 수 있는 하르반과 만남은 곰녀에게는 하나의 전환점이 되어 이후 곰녀가 자아를 깨닫고 새로운 삶의 길로 접어드는 계기가 된다. 하르반과의 만남 이후 곰녀는 과도한 노동으로부터 해방되는데, 이로 인해 곰녀는 삶을 지탱해 오던 긴장을 늦추고 동요하기 시작한다. 특히 출산의 경험 때문에 하르반과의 결합이 좌절되면서 곰녀는 충격을 받는다. 콩쥐처럼 열심히 일하면 보상받으리라는 기대가 좌절되고 설화적 세계관이 붕괴되는 지점이다. 자신의 존재와 앞날의 행로에 대한 불안으로 두려움을 느끼는 곰녀는 비로소 세계와 자아의 분리를 인식하는 가운데 자아의 소리를 듣기 시작한다.

> 그러다가 곰녀는 깜짝 놀라고 만다. 이 떨리는 가슴속으로부터 이상한 소리가 들려온 것이다. 빙신, 빙신, 하고. 그것은 산옥이의 목소리 같기도 하고, 주심이 언니의 목소리 같기도 했다. 그러나 기실은 산옥이의 목소리도 주심이 언니의 목소리도 아니었다. 곰녀 자신의 가슴속으로부터 속삭여진 소리였다. 이 소리가 이어 속삭이는 것이다. 주심이 언니한테로 가그라, 주심이 언니한테로 가그라.
> 잠시 곰녀는 숨도 크게 못 쉬고 서 있었다. 그러는 곰녀의 해쓱해진 얼굴에 갑자기 화기가 내돋히기 시작했다. 왜 자기는 여태 이 생각을

못 했을까? 바보, 바보! 이번에는 입 밖으로 내어 중얼거리지만 놀라지
않았다. 그저 아지 못할 어떤 바람으로 인해 가슴만이 두근거릴 뿐이었
다. 이 두근거리는 곰녀의 가슴속에도 뭔가 강둑의 아지랑이 같은 것이
피어올랐다.(170쪽)

곰녀가 처음으로 자신의 내부로부터 깨닫는 의식의 편린이다. 또
한 자신의 행로를 스스로 결정하는 첫 대목이다. 곧바로 또 다른 의
지처를 찾아내지만 이번에야말로 자기 스스로의 결정하고 그에 따른
실행을 준비한다는 점에서 곰녀의 순응적인 핍박의 여정은 종지부를
찍게 되고 곰녀는 한 차원 진전된 자기 삶을 예비해 간다.

곰녀의 일대기 형식으로 진행되는 이 작품에서는 치열한 갈등이나
삶의 의지를 엿볼 수 없으며, 그로 인하여 「무정」의 영채가 도달하
는 갱생으로서의 삶과는 다른 양상으로 귀결된다. 곰녀에게 있어 좌
절과 위기의 굴곡이 완만한 만큼 성장의 도달점 역시 내면적 자아의
소리를 듣게 된다는 다소 빈약하면서도 현실적인 성취에 머문다. 한
편 여성의 통과제의가 "초경의 출현과 관련되므로 의식이 개인적으
로 치러진다"[89]는 점을 상기해 볼 때 「무정」의 영채나 「별과 같이
살다」의 곰녀의 성적 유린은 그것 자체로서의 의미보다는 유년기를
지배하던 세계로부터 변화된 삶의 장으로 옮아가기 위한 장치로서
의례적 성격을 갖는다.

「별과 같이 살다」는 전대의 서사체, 소설들이 보유하고 있는 영웅
적 인물형으로부터 상당히 먼 거리에 있다고 볼 수 있다. 오히려 거
의 열등감에 사로잡힌 한 여성 인물의 성장과정을 그려가고 있다.
또한 곰녀의 일대기는 그 시련의 과정이 보상으로 연결되지 않음으
로써 처절함으로 일관된다. 성장소설이 가지고 있는 단계별 의미나
각각의 덕목과는 다르게 보이며, 주인공의 성장 내지 시련의 성과에

---

89) 시몬느 비에른느, 『통과제의와 문학』, 이재실 역, 문학동네, 1996, 14쪽.

주목하여 그 가치를 평가한다면 의의를 부여하기 애매한 작품임에 틀림없다. 그러므로 「별과 같이 살다」의 성장소설적 의미는 현실성에 두어야 한다. 콩쥐팥쥐가 설화로서, 영웅소설이 고대소설로서 추구하였던 가치지향점은 현대소설인 성장소설의 속에서 현실성의 획득이라는 시대적 의미로 대치되어야만 한다. 한 인간의 삶에 있어 성장기의 경험과 시련은 때로는 참혹하리만큼 고난과 연결되지만, 삶이 결국 해피엔딩일 수만은 없다는 엄연한 진리의 수용은 불가피한 것이며, 그것은 성장소설로서의 기대를 충족하기 위한 하나의 조건이 된다. '그럼에도 불구하고 잘살았다'라든가, '그리고 보상을 받았으며 행복하게 살았다'는 등의 설화적 구조는 곰녀를 통하여 한국 민족의 현실성을 담보하는 데까지 나아갔으며, 성장소설에 있어 통합의 단계는 삶 전체로 볼 때는 시작으로서의 의미를 갖는다는 점을 상기할 필요가 있다.

분리와 전이의 단계는 새로운 삶의 출발을 위한 경험 축적, 시련 극복의 과정이다. 그 과정을 통과했기 때문에 행복한 미래가 보장되는 것이 아니라 비로소 성년으로서의 첫발을 내딛는 것이다. 곰녀가 자신의 존재를 의식하게 되는 이 소설의 말미 부분은 이제 막 성년의 세계로 들어서는 통합의 단계를 제시하는 것으로서, 극적이고 혁혁한 공과로 포상되는 전대 서사체의 행복한 결말과는 다른 진정한 의미의 입사로 가늠되어야 한다. 성장소설에 있어 시련의 결과는 주인공의 깨달음이나 새로운 인식에의 도달과 같은 내재적 관점으로서 가늠될 때 그 의미를 충분히 드러낼 수 있을 것이다.

2. 혈연 극복 및 사회적 관계 맺기: 「일월」

이 작품은 주인공 김인철이 백정의 후손이라는 신분상의 콤플렉스를 수용하고 극복해 가는 과정을 통하여 성인으로서 사회에 입문하게 되는 형식을 취한다. 그는 이십 대 중반으로, 성장소설의 주인공으로서는 비교적 나이가 많으나 혈통의 비밀이라는 성장과 밀착된 소재를 다루고 있기 때문에 성장소설로서 논의가 가능하다.

「일월」은 주인공의 시련의 과정이 혈연적 비밀이라는 벗어날 수 없는 숙명과의 대결이라는 점에서 자아와 세계에 대한 탐구에 초점이 모아진다. 자기만의 세계로부터 벗어나 사회적 인물로서 자리매김 해 가는 과정이며, 진실을 수용함으로써 타인과의 관계 속에서 자신의 존재위치를 확인하는 거듭나기의 과정이다. 그러므로 통합의 단계에 이른 주인공의 성숙은 세계와의 화해를 위한 자기만의 방법을 모색하는 측면으로 진행되며, 세계 속에서의 존재를 확인하는 지점에서 종결된다.

▷ 1단계−백정의 후예라는 가족사의 비밀

이 작품에서 입문자의 분리 단계는 가족의 분열로 인한 가족으로부터의 고립으로 시작되어 주변 인물들로부터의 소외라는 측면으로 확대된다. 주인공은 백정의 후손이라는 사실을 알게 되면서 삶의 기반이 송두리째 흔들리는 위기를 맞게 되며, 자기 정체성은 심각한 도전에 직면한다. 주인공에게 부과되는 과제는 혈통으로 이어져 온 신분의 비밀을 수용하고 콤플렉스를 극복함으로써 성인으로서 사회에 입문해야 하는 것이다. 가장인 아버지나 형의 태도를 수긍할 수 없는 주인공은 서서히 가족으로부터 분리, 고립되기에 이른다.

> 저번 부친주를 뵈었을 때 숫제 백정이 되어서 그 생업을 하고 있었던
> 들 마음의 고통이 덜했을 것 같다고 여쭌 것은 역시 불초 소자의 철없
> 는 소리였다는 것을 각성하나이다. 그 백정의 이름을 달고 사느니보다는
> 부친주의 말씀대로 어떤 괴로움이 있더라도 숨길 수 있는 데까지는 숨
> 기고 살아야 한다는 것을 뼈저리게 느꼈나이다. 이렇게 하여 부친주의
> 대에서 이루지 못하면 소자의 대에서, 소자의 대에서 못 이루면, 아니옵
> 니다. 꼭 이루고야 말겠나이다. 어떻게든 그 이름을 벗어버리겠나이다.[90]

아버지는 신분의 비밀을 철저하게 은폐하고 근거지를 떠나 다른 사람으로 살아가고 있는 인물이며, 형 인호는 사실이 알려질까 봐 집안과 절연하고 도피행을 선택한다. 형의 의절로 인철은 아버지와 둘이서만 비밀을 공유하는 관계를 유지한다. 그러나 백정의 후손임을 감춰온 삶의 방식에서 나타나듯이 아버지는 그 사실을 외면해 온 인물이기 때문에 인철에게 우호적일 수 없으며, 아버지가 제시하는 해결방식 역시 인철에게 설득력을 얻지 못한다. 결국 인철은 가족으로부터 고립된 채 스스로 해결점을 찾아 나서게 되고 아버지의 세계와는 분리된 길 찾기의 여정이 시작된다.

인철의 비밀과의 대결은 탐색으로부터 시작된다. 지 교수의 관심에 편승하여 백정의 세계에 대하여 고찰하고 적극적으로 대면함으로써 자신의 행동방향을 결정하려 한다. 백정들의 오랜 전통인 추석제사에 참석하여 백정의 가업을 잇고 있는 큰아버지의 존재를 확인하고, 백정의 삶에 대하여 탐색하는 한편, 큰아버지와 자신의 중간 지점에 위치하고 있는 사촌 기룡을 통하여 자기 존재를 확인함은 물론 자기 정체성의 향방을 가늠하려 애를 쓴다. 그러나 큰아버지는 '종

---

90) 황순원, 「일월」, 『황순원전집 8』, 문학과지성사, 1983, 181쪽. 이하 본문 인용은 쪽수만 기입한다.

교적 백정'91)으로서 인철에게 백정으로서의 삶에 대한 수긍이나 연민을 갖게 하기보다는 일종의 혐오감을 안겨준다. 본돌 영감에게서 인철이 보게 되는 것은 "반성없는 삶, 숙명적인 조건 속에 함몰된 비인간적인 모습일 뿐, 남는 것은 환멸"92)이었던 것이다.

> 인철은 줄곧 마음이 어두워 있었다. 눈앞에 벌어지는 모든 일들을 이미 남의 일로만 볼 수 없는 자기의 처지. 얼마 전만 해도 호기심이 일었을 이런 일들이 바로 자기 조상들이 해왔고 지금은 큰아버지 된다는 사람이 하고 있다는 사실에 직면하자 복잡하고도 강한 혐오감마저 솟는 것이었다.
> 지 교수가 사진을 찍으려고 이리저리 돌아갈 때도 응당 그랬어야 했건만 인철은 자기가 찍어드리겠노라고 차마 나설 수가 없었다. 도리어 제삼자로 사진을 찍고 있는 지 교수가 몰인정해 보였다.(143쪽)

동질감을 느끼기에는 너무도 낯설고 혐오스러운 제사 장면을 목격한 인철은 자기 입으로 지 교수에게 본돌 영감과의 관계를 털어놓는다. 백정이라는 사실의 수용 문제를 둘러싸고 벌어지는 아버지나 형과의 논쟁 및 갈등에서 한 걸음 더 나아가 누군가 알고 있을지도 모른다는 의혹, 그들의 시선에 대한 대응 및 처신이라는 과제가 부담으로 작용하기 시작한다. 아버지와 형이 철저하게 사실을 감추고 연고지로부터 이탈하였던 심정을 실감하지 못하는 인철은 주도면밀한 대응책을 찾기보다는 "<진실>을 말하려는 지식인의 내적 욕구와 <진실>을 말함으로써 외로움을 해소시키려는 의지"93)에 따라 지 교

---

91) 김치수, 「외로움과 그 극복의 문제」, 『황순원 연구』, 문학과지성사, 1985, 126쪽. 이 글에서는 본돌 영감이 소나 칼에 대해 취하는 태도가 분명히 종교적이라고 지적하고 있으며, 동생인 상진 영감과 같이 백정임을 숨기려는 사람을 일상적인 백정이라고 표현하고 있다.
92) 성민엽, 「존재론적 고독의 성찰」, 『황순원전집8』, 문학과지성사, 1990, 346쪽.
93) 김치수, 「외로움과 그 극복의 문제」, 122쪽.

수에게 자신이 백정의 후손임을 밝힌다.

> 지 교수에게 자기와 분디나뭇골 본돌 영감과의 관계를 말해버리고
> 난 인철은 그것이 단순히 어떤 돌발적인 충동에서 온 것이 아님을 깨
> 달았다. 그렇다고 오래 두고두고 꼭 그것을 발설해야만 하겠다고 별러
> 온 것도 아니었다. 그저 이쪽의 관계를 모두 알고 있을 듯한 지 교수에
> 게, 아니 설사 그걸 전연 모르고 있다고 하더라도 이쪽에서 그가 알고
> 있을지도 모른다는 그 무거운 감정으로부터 벗어나고 싶은 잠재적인
> 데서 온 것인지 몰랐다.(153쪽)

그런데 정작 주인공의 고통은 지 교수에게 사실을 털어놓음으로써
시작된다. 지 교수는 인철이 어려서부터 가깝게 지내온 다혜의 아버
지일 뿐만 아니라 인철에게 고향 같은 안식처로서의 느낌을 주어온
사람이기 때문에 출신의 비밀을 발설한 후 인철의 고민은 더 깊어진
다. 또한 다혜와의 관계가 소원해짐을 느끼게 되면서 갈등이 증폭된
다. 그리고 비밀의 발설이 알려지면서 아버지와의 관계도 악화되기
시작한다. 역사가 되어버린 치부를 감추고 잊음으로써 새로운 삶을
열어가고자 하는 아버지는 인철에게 집안 내력을 알고 있는 지 교수
의 딸과 혼인하여 데릴사위가 되라고 권하는 등 비밀의 확산을 막으
려는 단호한 의지를 표명한다. 그러나 아버지의 태도를 수긍할 수 없
는 주인공은 갈등이 심화되어 점점 더 가족들로부터 고립되어 간다.

▷ 2단계 – 숙명에의 대결 및 좌충우돌

백정의 신분은 갑오경장 때 평등권을 획득함으로써 전환점을 맞이
하였다. 그러나 과거의 신분에 대한 인식과 편견으로부터 자유롭지
못한 것이 현실이다. 아버지의 선택을 일부는 긍정을 하면서도 나름

대로의 대처방안을 모색하는 인철에게 있어 아버지는 무조건 옹호해
야 하는 가족이 아니라, 한 개체로서의 인간으로 변질된다. 혈연적
집착에서 벗어나 한 개인으로서 삶의 시각을 획득해 나가려는 의지
의 발현이지만, 서로가 완전히 분리될 수 없는 혈연의 매듭 앞에서
인철은 딜레마에 빠진다.

> 광대뼈가 솟고 턱이 억센 상진 영감의 얼굴이 치미는 노기로 해서
> 벌겋게 물들여지며 실룩실룩 경련을 일으켰다.
> 그러자 인철은 어째서 또 그런 느낌이 들었는지 모르나 아버지의 얼
> 굴에서 백정의 모습을 보게 되었다. 백정의 얼굴 생김이 꼭 이러해야
> 한다는 것은 없겠지만 적어도 분디나뭇골 큰아버지의 얼굴에서보다는
> 더 그런 느낌이 왔던 것이다. 인철은 가슴속에서 다시금 와르르 담 무
> 너지는 소리를 들었다.(177쪽)

신분상의 콤플렉스를 정면으로 대결하고 극복하려 하나 아버지의
얼굴에서 백정의 모습을 발견함으로써 혈연공동체의 존재를 거부할
수 없는 힘을 확인하는 장면이다. 인철은 다시금 꿈을 통하여 자신
의 무의식 속에 내재된 백정의 후손으로서의 자기 혈통에 끔찍함을
느낀다. 사촌형 기룡을 찾음으로써 돌파구를 모색해 보지만 혈연적
본능과 사회적 편견 사이에서 갈등한다. 그러나 인철은 문제와 직접
대면하고 해결방식을 구하는 자세를 견지하고자 아직까지 백정으로
서의 삶을 유지하고 있는 사촌 기룡에게 접근한다.

> 인철은 그 앞을 지나면서 생각했다. 내일 아침 미아리 도수장에 찾
> 아갈 것인가. 대체 자기는 사촌을 만나 어쩌자는 것일까. 차라리 아버
> 지가 노력해 온 것처럼 그 세계와는 외면하고 사는 것이 현명한 일이
> 아닌가. 인철은 지난 며칠 동안 마음속에서 싸워온 이 두 가지 생각에
> 또다시 말려들기 시작했다.(114쪽)

인철은 집안 내력에 대한 새로운 사실에 접하고 자기 정체성의 혼돈이라는 위기를 맞게 된다는 점에서 또 다른 의미의 통과의례를 치른다고 볼 수 있다. 이때 백정의 혈통이라는 사실은 그것 자체를 바꾸거나 당사자의 노력으로 극복할 수 없다는 점 때문에 주인공이 그 사실을 인정하느냐 아니냐의 문제라기보다는 그 사실을 알고 있는, 또는 알게 되는 타인들과의 관계에서 어떠한 태도를 취할 것인가의 문제로 전환된다. 즉, 신분의 비밀을 숨겨야 할 것인가 아니면 자연스럽게 밝혀야 할 것인가 하는 점이 문제의 핵심이 된다. 인철이 집안의 내력을 알았다고 해도 백정으로서의 삶의 방식을 수용해야 할 처지가 아니므로, 자기 정체성을 확립하고 타인들 속에서 자기 존재의 위상을 정립해야 한다는 과제에 직면한다. 과거의 사실을 냉정하게 받아들이고 진로를 모색하기 위하여 필수적으로 요구되는 공동체적 합의에 도달하는 과정은, 완강하게 버티는 구세대의 엄폐 의지와 소외됨으로써 초월하려는 현세대 사이에서 혼돈의 양상으로 전개된다.

기룡은 "백정이란 이유 때문에 사회에서 소외된 <외로운 의지의 화신> 같은 인물"[94]로 묘사되는데, 그는 백정 출신임을 철저히 함구하려는 인철의 가족과는 대척점에 위치하면서 인철의 내면적 갈등을 완화시켜 주는 조력자의 역할을 감당한다.

> 말하자면 외로움의 세계인 백정이라는 한계 상황을 부질없이 뛰어넘으려 하지 않고 그 속에서 외로움을 견디고 처리함으로써 解脫의 상태에 도달하려 하고 있다. 그러므로 그는 여자를 통한 구원이나 그 밖에 외로움을 해소시키는 어떠한 방법에 대해서도 생각지 않는다. 인간의 본질이 외로움인 것처럼 외로움을 긍정한다. 그는 자신이 하나의 절대요 구원이라고 믿는 것 같다. 그는 누구에게나 정을 주지 않는다는 이유로 고양이를 좋아한다. 그는 외로움을 풀기 위해 노력하는 인간을 강경하게 거부한다.[95]

---

94) 김치수, 「외로움과 그 극복의 문제」, 124쪽.

　백정이라는 사실은 인철과 기룡에게 있어서 거부할 수 없는 숙명
이다. 하지만 숙명에 대처하는 방식에 있어서 두 사람은 다른 태도
를 보인다. 인철이 외로움을 극복하기 위한 방법을 찾고 모색하는
인물이라면, 기룡은 그 상황 안에서 현실적인 외로움을 감당해 내려
는 인물인 것이다. 두 사람이 백정 집안의 자손이라는 사실은 하나
의 상징적 장치라고 볼 수 있다. "그 상징적 장치의 의미론적 기능
은, 일차적으로 숙명적인 조건의 부여인 동시에, 나아가서는 인간의
근원적 존재양식으로서의 고독-즉, 존재론적인 고독이 인철에게 촉
발되도록 하는 계기"96)가 되는 것이다. 그러므로 주인공에게 있어
출신의 비밀은 성인으로 사회에 입문하기 위해 치러야 하는 보편적
시련의 구체화된 한 조건이며, 그 사실의 관념적 수용이 문제의 관
건이다. 인철을 둘러싸고 있는 타인들, 특히 친분관계를 유지해 온
주변 인물들의 태도와 시선이야말로 갈등 유발의 원인인데, "털어놓
구 얘기해버리는 거야. 그리구 나서의 일은 자기 자신이 처리하도록
놔두는 거야."(318쪽)라는 기룡의 충고는 주인공이 처한 상황을 풀어
나가기에 충분한 방향 제시가 되지 못한다.

▷ 3단계-현실적인 극복 및 자리매김

　인철은 주변 인물들과의 관계에서 자기 출신에 대한 콤플렉스 때문
에 적극적인 대인관계를 형성하지 못하고 행동을 주저하며 스스로를
고립시킨다. 김현은 황순원 소설 속에서 사랑을 받는 인물들이 병적
낭만주의자라고 해석한다. 「일월」의 주인공 인철도 그들 중 하나다.

---

95) 위의 글, 125쪽.
96) 성민엽, 「존재론적 고독의 성찰」, 346쪽.

세계와 사회와의 통로를 트지 않고 자신의 내적 세계에만 칩거하여
극단적인 주관성을 드러낸다는 점에서 그 주인공들은 낭만주의자들이
다. 그 낭만주의자들은 대체적으로 여자와의 관계에 있어서 수동적인
역할을 맡는다. 여자들은 항상 밝고 명랑하고 현실적이며 능동적이다.
그러나 남주인공들은 그녀들의 사랑을 이상하게 왜곡시켜 받아들인다.
그것은 자기 자신에게 그녀들의 사랑을 받아들일 수 없는 약점이 내재
해 있다는 것을 의식적으로 믿고 있는 자의 왜곡이다.[97]

인철은 백정의 후예임이 알려졌을 때 일어나게 될지도 모르는 상
황에 대한 예감과 주변 인물들로부터의 소외감과 고립감 때문에 번
민한다. 그래서 기룡에게서 동병상련의 처지를 위로받고, 그를 통하
여 자기 극복의 방안을 찾고자 한다. 그러나 기룡이 제시하는 "툭
털어놓구 얘기하는" 방식은 인철에게 쉽게 받아들여지지 않는다. 백
정으로서의 삶을 이어가고 있는 기룡의 고독에의 칩거는 과거의 존
재방식을 그대로 답습하는 것에 지나지 않는다. 천민으로서의 백정
이 직업인으로서의 백정으로 전환되었을 뿐, 고립된 삶을 영위함으
로써 현실적 삶 속에서의 신분적 열등감을 그대로 이어가고 있는 것
이다. 그러므로 과거의 인습을 거부하려는 인철에게 있어 툭 털어놓
고 고독을 감수하는 것은 세계와의 대결이 아닌 회피가 된다. "툭
털어놓고 얘기하기"는 또한 다혜에 의해서도 제시된다. 그러나 제삼
자인 다혜의 충고는 또 다른 의미를 갖는다. '보이는 나'[98]를 인식하
게 됨으로써 타인의 존재를 의식하게 되는 것인데, 인철은 대타적
자아에 두려움을 느끼고 그들을 외면하려 한다.

---

97) 김현, 「소박한 受諾」, 『황순원연구』, 문학과 지성사, 1985, 100-101쪽.
98) 권택영, 『영화와 소설 속의 욕망이론』, 민음사, 1995, 96쪽.
　　자신이 세상에 의해 보임을 의식할 때 주체는 분리되고 인간은 고립과
　　소외에서 벗어나 무대 위에 서게 된다. 이것이 라캉의 타자의식이다.
　　그러므로 그의 타자의식은 사회의식이다.

　　다혜가 한동안 인철의 얼굴을 잠잠히 지켜보다가 무언가 머뭇거리는 빛을 보이다가,

　　"그것 땜에 그래?"

　　인철이 흠칫 고개를 들었다. 쾅 가슴을 내리치는 게 있었다.

　　"아버지한테 들었어. 당사자로선 그렇게 나오기가 쉬운 일이 아니라구 하시면서 구김 없는 태돌 칭찬하셨어. 그래 그까짓 게 뭐 어떻다는 거야. 설마 그런 일루 해서 그동안 우리 집에 안 온 건 아니겠지?"

　　다혜의 다시 한껏 잔잔해진 말씨와는 반대로 인철은 가슴속이 마구 뒤범벅이 된 채로 잠자코 있었다.

　　"정 그게 맘에 걸리거든 나미한테 툭 털어놓구 얘기해. 오늘이래두 만나서."

　　"난 다혜두 다시 만나지 않을려구 했어."

　　인철이 입가에 웃음을 지었다. 입꼬리에 잡히는 엷은 주름 안으로 괴로움이 깊게 담긴 웃음이었다.(224쪽)

　「일월」에서 다혜와 나미는 구원의 여인상으로 제시되지 않는다. 구원에 이르는 길은 스스로가 진정한 가치를 추구함으로써 세계와 화해에 도달해야만 비로소 가능하다. 인철은 나미와의 약혼 발표 계획을 보류하고 그 장소를 이탈함으로써 자기만의 방식을 찾으려는 결의를 보인다. 기룡의 생각과는 달리 세계 속에서, 타인과의 관계 속에서 구원의 길을 찾겠다는 의지를 확인한 인철은 기룡을 만나서 다시 얘기해야 한다고 다짐한다. 인철의 성인사회로의 입문은, 스스로 자아의 행동방향을 결정하고 모색해야겠다는 자각에 이르러 종결된다. 현실적인 구원과 성장의 의미는 비약적인 성과보다는 당면한 현실 속에서 자아의 의지를 발견하는 것으로 갈음된다.

　「일월」과 「별과 같이 살다」는 내면적 자아의 발견이라는 소극적 성장으로 종결된다는 점에서 동질성을 보이며, 또한 그 점에서 이광

수의 성장소설과는 대조적인 성향을 보인다. 한편 이광수의 성장소설들이 매개자의 전이를 통한 변모로서의 성장의 궤적을 보여주고 있다면, 황순원의 「별과 같이 살다」와 「일월」에서는 성장을 촉진하고 인도하는 원조자의 역할이 매우 약화된 모습으로 나타난다. 「별과 같이 살다」는 주심이 언니에게 가려는 결심으로, 「일월」은 기룡을 만나야겠다는 다짐으로 끝을 맺는데, 그들의 존재는 원조자로서의 의미를 지니지만 「무정」이나 「나」에서와 같이 교화자로서의 두드러진 역할을 보이지는 않는다. 또한 역사적 상처를 정화하기 위해 비약적 성장의 의지를 고양시키는 이광수의 성장소설과 달리 황순원의 성장소설은 운명에 순응하면서 자아의 존재인식에 도달함으로써 현실적 의미에서의 성장과 구원에의 비전을 제시하고 있는 것이다.

제5장
가족공동체를 향한 염원
: 김원일의 성장소설

성장소설을 논의함에 있어 김원일의 작품들이 보여주는 의미망은 주인공이 소년기에 직면하는 절박한 생계의 문제, 그리고 불가해한 것으로만 여겨지는 이 세상, 특히 아버지의 존재를 이해하고 수용하려는 부단한 노력에 있다고 할 것이다. 「노을」과 「마당깊은 집」의 주인공은 열네 살 정도의 소년이다. 그들은 어른들의 세계를 완전히 소화하기에는 너무 어리고, 그런 만큼 그들의 체험 내용 역시 일정한 시각 속에 한정된다. 그래서 성장소설로서의 두 작품은 "당면한 사태의 절박하고 엄숙한 증언이기보다는 오히려 느슨하고 아련한 추억담"[99)]의 성격을 갖는다. 주어진 환경에 대하여는 객관적이되 어린 소년이라는 연령적 한계에 따른 주관적, 감상적 성격을 다분히 드러내고 있다. 물론 이때의 객관성이란 상황 판단의 측면을 말함이 아니라 그들이 처한 환경으로부터 어느 정도 거리를 유지하게 됨을 의미하며, 그럼으로써 어린 주인공들은 관찰자적인 시각을 보유하게 된다는 것이다. 또한 입문자인 주인공의 성장 체험이 「노을」은 나흘 간으로, 「마당깊은 집」은 일 년 정도로 설정되었기 때문에 성장소설의 진행 단계를 분리－전이－통합의 과정으로 구분하였을 때, 체험에 따른 성인으로의 변모과정이 한정적으로밖에 드러나지 못한다는 점도 두 작품의 공통된 특징이라고 할 수 있다.

---

99) 천이두, 「비극의 현장」, 『문학과 지성』, 1978년 겨울, 1264쪽.

1. 부자 갈등 및 화해의 몸짓:「노을」

「노을」은 이미 40대에 이른 성인 김갑수의 관점에서 모든 사건이
서술된다. 그러므로 "소년 화자의 시각은 장년 갑수의 레이다에서
한 치도 벗어날 수 없음"[100]을 확인하게 된다.「노을」의 성장소설
논의에서의 관심은 단연코 소년 갑수 쪽으로 쏠리게 되지만, 12세의
시점과 성인 시점을 엄밀하게 구분하여 성인이 된 화자의 회고로 서
술하고 있기 때문에 소년기 체험의 서술 부분 역시 성인이 된 주인
공에 의해 통제되고 있음을 간과해서는 안 될 것이다. 윤재근은「노
을」의 문체가 주로 두 가지 양상을 보인다고 지적한다.[101] 즉, 사실
적이며 서정적인 흐름을 아울러 간직하고 있다는 것이다. 단순히 어
린 소년의 위치에서 서술된 체험에 그치지 않고 성인이 된 화자의
통제를 받음으로써 나흘 동안의 사건은 치밀하고도 섬세하게 재구성
되고 있다.

1948년 진영에서의 4일간의 체험을 통해 갑수는 삶의 기로에 서
게 되고 하나의 길을 선택함으로써 소년기를 마감하고 새로운 삶의
길로 접어들게 된다. 그러한 여건들은 역사적 상황 내지는 어른들의
세계로부터 갑작스럽게 다가온 것으로서 주인공에게는 외부세계의
압력으로 받아들여진다. 그래서 주인공의 자아 각성은 "문화적, 내면
적 형태로서가 아니라 사건적, 외형적 형태로 이루어진다."[102] 12살
의 주인공 갑수가 직면하게 되는 현실은 매우 단순한 것으로 해석된
다. 무엇보다도 아버지의 존재가치가 갈등의 요인이며, 혼돈된 상황

---

100) 박대호,「산업주의 세계관의 위장구조」,『1950년대의 문학연구』, 예하,
　　　1991, 304쪽.
101) 윤재근,「김원일의 <노을>」,『현대문학』, 1981년 10월, 284쪽.
102) 김병익,「성장소설의 문화적 의미」, 89쪽.

속에서 행동방향을 결정하는 지침이 된다.

백정으로서 무지하고 성격이 난폭한 아버지 김삼조는 주인공에게 있어 우호적 인물과 적대적 인물 사이를 반복적으로 오간다. 그래서 아버지에 대한 주인공의 태도는 자주 번복되고 그런 만큼 아버지의 존재가치가 흔들리곤 한다. 결국 주인공이 아버지로부터 벗어나는 것은 아버지의 월북이라는, 여전히 자기 힘으로 통제할 수 없는 상황에 의하여 비로소 가능해진다. 그 풀려남이 타의에 의한 것인 만큼 소년 주인공은 스스로의 각성을 통한 진정한 아버지 극복에 성공하지 못한다. 그리고 그것은 성인이 된 주인공의 삶을 지배함으로써, 소년기 탈향 이후 29년 동안이나 고향을 찾지 못하도록 주인공을 구속하고 있는 것이다.

성장소설이 성장기의 시점에서 주인공이 직면한 세계가 어떻게 받아들여지고 이해되며, 그것이 그들을 어떻게 변화시키는가에 초점을 두는 것은 바로 체험이 갖는 영향력 때문이다. 「노을」은 29년이라는 시간의 거리를 두고 과거와 현재가 교차 서술됨으로써 현재시간 속에 침투되어 오는 과거와 만나게 된다. "이 소설은 주인공이 말살하려고, 또 말살할 수 있다고 믿었던 과거시간이 사실은 말살할 수 없는 것임을 증명"[103]하고 있는 것이다. 성인의 시점으로 진행되는 현재의 시간은 과거와의 화해를 모색하려고 노력하는 흔적을 보이지만, 주인공이 화해하는 세계는 "자신이 천진난만했던 어릴 적의 고향 땅이며, 오늘과는 분명히 달라질 미래의 아들의 세대에 대해서였지 자신의 현재와 현재의 세계는 아니었"[104]음을 확인하게 된다.

---

103) 김교선, 「歷史的 傷處의 證言」, 『창작과 비평』, 1979년 봄, 341쪽.
104) 김병익, 「성장소설의 문화적 의미」, 87-88쪽.

▷ 1단계-가정 폭력 및 가족 해체의 위기

주인공에게 세상은 보라색으로 인식된다. 노을의 붉은색과 하늘색이 합쳐서 드러내는 자연적 현상을 현실로서 이해하는 단계에 머물러 있는 것이다. 보라색으로 인식되는 세상은 붉은색인 아버지와 하늘색인 어머니가 자연스럽게 조화된 세계이며, 갑수가 바라고 있는 이상적인 세계이기도 하다. 그런데 어머니가 아버지의 폭행에 못 이겨 가출함으로써 주인공은 어머니를 빼앗기게 된다. 어머니의 부재는 즉시 굶주림으로 이어지며, 아버지의 폭력을 막아줄 우호적인 방패막이의 상실을 의미한다. 주인공은 어머니에게 우호적인 입장을 견지하고 있지만, 가출한 어머니를 돌아오게 할 수 있는 열쇠가 아버지에게 있다고 믿기 때문에 부단히 아버지와의 접촉을 모색한다. 아버지를 설득하여 다짐을 받아내고 가출한 어머니를 돌아오게 하는 것만이 유일한 희망이기 때문이다.

어머니의 부재는 그 단어마저도 생소할 만큼 우리 문학에서는 희귀하게 다루어지는 상황이다. "「노을」에서 어머니는 부차적인 역할만 담당하고 있음을 주의 깊게 보아야 한다."[105)는 지적도 있었지만 통과의례의 분리의 단계는 어머니 세계로부터 격리됨으로써 시작되며, 어머니의 가출로 인한 갑수의 격리 및 아버지 세계로의 접근은 통과의례의 과정에서 보이는 자연스러운 이행 현상이다. 그런데 "흔히 아버지가 권위와 질서의 표상이 되는 것과는 정반대로 <나>에게 아버지는 아노미의 징표가 된다."[106) 주인공은 아버지에 대하여 부정적 평가와 적대적 인식을 가지고 있기 때문에 이 단계에서 갈등을 유발한다. 그것은 그의 폭력성과 일련의 부정적 성격 때문인데, 어머니의 귀환을 통한 가정 회복의 의지가 굳건한 만큼 아버지에게 접근

---

105) 최인자, 「성장소설의 문화적 해석」, 『문학과 논리』 5호, 태학사, 1995, 81쪽.
106) 신형기, 「분단사의 소설화에 대한 사색」, 『작가세계』, 1991년 여름, 85쪽.

을 시도하며 안타까운 심정에 잦아들곤 하는 것이다.

> 서산마루를 가득 채우며 노을은 붉게 번졌고, 수백 마리의 갈가마귀 떼가 어지럽게 원을 그리며 노을 속으로 사라져 가고 있었다. 대장간의 불에 달군 시우쇠처럼 붉게 피어난 노을을 보자 엄마를 만나 가슴 뛰던 기쁨도 어느덧 사그라지고, 나는 그만 그 노을에 몸을 던져 한줌 재로 사위어버리고 싶을 만큼 못 견디게 울적했다. 죽고 싶었다. 죽음이 두렵기는커녕 죽는 순간이 지극히 평안할 것만 같았다. 나는 타박타박 걸으며 혼잣말로 외쳐보았다. "아, 노을이 곱다. 아부지는 밉다. 엄마도 밉다. 아부지가 노을 색이라면 엄마가 하늘색일까. 그러면 두 가지 색을 보태모 보라색이 되겠지. 그런데 엄마나 아부지는 왜 합쳐지기를 싫어하노. 노을은 죽고 싶도록 저렇게 아름다분데 말이다." 그래도 시원치가 않았다. 먹장구름같이 가슴을 눌러오는 그 어떤 어두움이 종내 그쳐지지가 않았다.[107]

소년기 주인공의 삶을 압도하고 있는 아버지 세계에 대한 거리두기는 어머니의 품을 벗어나 세계로 인식의 폭을 확대하고 성인의 사회에 동화되기 위한 전이 단계로의 진입이기도 하다. 아버지의 정체 확인, 엄마와 아버지를 화합시키려는 노력 그리고 아버지와 아들의 관계 정립이라는 과정을 통하여 세계의 광폭함을 확인해 가고 있는 것이다.

▷ **2단계─부권 수호에의 열망 및 좌절**

갑수의 오직 한 가지 바람은 가족이 함께 모여 사는 것이다. 폭력을 두려워하고 혐오하면서도 가족이 함께 모여 살아야 한다는 집착

---

107) 김원일, 『노을』, 문학과지성사, 1978, 174쪽. 이하 본문 인용은 쪽수만 기입한다.

때문에 갑수는 아버지에게 연연한다. 가족 해체의 원인이 아버지의 폭력 때문이라는 사실을 충분히 알고 있지만 어머니와 함께 살고 싶은 욕망이 절실하기 때문에 아버지에게 접근하여 설득할 기회를 엿본다. 그런데 아버지와 어머니 사이에 결정적인 훼방꾼이 등장하고 아버지는 정체를 알 수 없는 훼방꾼에 의해 자꾸만 멀어져 간다.

아버지를 갑수로부터 떼어 놓는 존재는 가시적으로는 경찰서, 빨갱이 놈들로 묘사되지만, 열두 살인 갑수가 실체와 전모를 제대로 파악하기에는 어려움이 따른다. 좌익의 움직임이 활발해지고 그 활동이 표면으로 드러나기 시작하자 갑수는 아버지에 대한 애증으로 갈등한다. 아버지는 좌익활동의 적극적인 동조자로서 사실상 갑수로부터 꽤 먼 거리에 위치하고 있다. 작품 속에서 "<과거의 나>에 의해 서술되는 이야기는 <갑수>의 아버지인 <김삼조>의 이중적 성격을 추적해 나간다."108) 그러나 내막을 모르는 어린 갑수는 그저 아버지를 집에 돌아오게 할 궁리에만 매달린다.

　　세차게 머리를 흔들었다. 아버지와 엄마 중에 만약 한 사람을 택하라면 나는 단연코 엄마 쪽이라고 생각한 것은 어제 오늘의 일이 아니었기 때문이다. 다만 나는 아버지를 빨갱이 세계에서나 지서에서 빼내어 따뜻한 가정으로 되돌려 받고 싶은 마음뿐이었다.(167쪽)

　　엄마를 만나고 싶었던 만큼의 부피로 아버지의 실체를 확인하고 싶었다. 그러나 그것은 엄마를 만날 때와는 정반대의 괴로움으로 내뛰는 가슴을 목 조르듯 조여 왔다. 아버지를 저 무리 속에서 꺼내야 한다. 아버지를 저 무리 속에서 빼내어 엄마와 나와 갑득이가 차지하지 않으면 안 된다. 어느 누구에게도 아버지를 빼앗겨서는 안 된다는 충동이 나도 모르는 사이에 내 땀 밴 주먹을 불끈 쥐게 했다.(180쪽)

---

108) 류보선, 「분단문학의 새로운 지평을 위하여」, 『문학사상』, 1989. 3, 208쪽.

갑수의 아버지에 대한 집착은 아버지 그 자체 때문이라기보다는 어머니에 대한 그리움이자 굶주림에서 벗어나고자 하는 처절한 투쟁이다. 아버지는 사람들이 '개삼조'라고 부를 만큼 비난받을 만한 행실을 일삼는 인물로서 누군가의 한쪽 팔을 잘라버렸다는 전력을 내세우며 완력을 과시하곤 한다. 갑수는 아버지의 부정적 성격과 혈연적 이끌림 사이에서 고뇌에 빠진다.

> 나는 여태껏 분명 아버지를 증오해 왔었다. 그가 어디서 술이나 억상으로 마시고 개골창에라도 처박혀 뒈지기를 바래왔음에도, 내 마음 깊은 어디에 아버지에 대한 사랑이 넘치고 있어 그렇게 안절부절못했던가. 아버지는 나에게 무엇이기에 나를 매질해서 울리고 굶기는데도 나는 그를 어느 누구에게도 빼앗기고 싶지 않아 하며, 언제까지 내 곁에 있어 주기를 바라는가. 이것이 핏줄 탓이라면 그 핏줄이란 강물의 깊이를 나는 도무지 헤아릴 수가 없었다.(158쪽)

어린 소년의 시각으로 서술되는 혈연에 대한 혼돈의 양상이다. 어머니가 가출함으로써 비롯된 가족 해체의 위기 앞에서 주인공은 아버지 존재에 대한 부정적 인식에도 불구하고 아버지에게 맹목적인 집착을 보이며, 이러한 집착은 아버지의 좌익운동으로 가속화된다. 아버지는 사람들과 휩쓸려 위험한 일을 하고 다니기에 도무지 만날 수가 없을 뿐더러 불길한 소문까지 나돌고 있다. 갑수는 가족을 지켜야 한다는 사명과 아버지에 대한 원망 사이에서 동요한다. 열네 살의 소년이 가질 수 있는 혈연적 애착과 두려움이 교차하는 가운데 주인공 갑수는 비장한 각오로 용의주도하게 사태를 주목하면서 아버지의 행적을 뒤쫓는다. 그러던 중 마침 집 안에 숨어서 모의하던 좌익분자들의 이야기를 엿듣다 발각되고, 갑수를 첩자로 오해하는 동지들을 무마하기 위해 아버지는 아들에게 심한 폭행을 가한다. 아버지에 대한 분노와 갈망 사이에서 방황하던 갑수는 또다시 이어지는 폭행으로 아버지에게 절망하기 시작한다.

갑수의 딜레마는 아버지가 자발적으로 좌익에 가담하고 있다는 점이다. 김삼조가 좌익의 이데올로기에 대하여 어느 정도 자각을 하고 있든 그는 극렬분자처럼 행동하고 급기야는 무모한 살상의 주동자가 된다. 지서나 빨갱이 놈들이 아버지를 되돌려 받는 데 장애가 되는 요인이라고 여겨왔는데 아버지의 적극적인 동조로 인하여 갑수는 자신이 저항해야 할 대상이 무엇인지 혼란에 빠진다. 그러나 아버지의 좌익동조는 점차 그 정도가 심화되고 상황은 걷잡을 수 없는 곳으로 치닫는다.

아버지의 존재는 이제 이데올로기의 상징물로 전환되기 시작한다. 이 상황에서 소년인 갑수가 감당해야 하는 문제는 악의 주재자로서의 아버지를 수용하는 것이다. 살상과 무자비한 폭력을 자행하는 아버지를 좌익의 무리와 동일시해야 하는 지점에서 갑수는 난관에 봉착한다. 혈연의 논리만으로 받아들이기에는 엄청나게 두려운 존재가 되어가는 아버지를 붙잡기 위해서는 합당한 명분이 필요하기 때문이다. 갑수는 이 시점에서 슬그머니 아버지의 손을 놓으려고 마음먹는다.

> 기진맥진 상태였다. 다만 나를 죽이려 했던 아버지긴 하지만 내가 마음 한쪽으로 당신을 사랑한 줄을 그가 왜 그토록 몰라줄까란 서러움이 더할 수 없는 배반으로 눈물을 쏟아지게 했다. 나를 죽여서까지 세울 공이 무엇인지, 아버지의 그런 유의 광기가 본심이 아니기를 여태껏 바라왔으나 이제는 그 바람조차 내 마음에서 떠나감을 깨달았다.(225쪽)

아버지가 가족들에게 비록 적대적인 존재이기는 하지만 빨갱이라는 세계로부터의 피해자였다면 받아들이기가 용이했을 것이다. 그런데 아버지는 그 무리를 위해 아들에게 폭행을 가함으로써 자신이 명실 공히 그들의 편임을 확인시킨다. 가족 회복의 열망을 송두리째

파괴하고서야 빠져나간 나흘간의 폭동이 남긴 것은 악의 화신처럼
변질된 아버지를 어떻게 받아들여야 하는가의 문제이다. 좌익폭동의
적극적인 참여자로서, 폭행과 살상을 자행하던 아버지를 적나라하게
목격한 갑수는 아버지에 대한 무조건적인 집착에 대하여 회의하고
갈등한다. 특히 살인 현장을 목격하게 된 갑수는 큰 충격을 받는다.

> 나는 게걸음을 걷듯 물러서다 외마디 비명을 지르며 도수장을 뛰쳐
> 나오고 말았다. 어느 사이 지팡이도 버린 채 여래천으로 줄달음질쳤다.
> 허리와 어깨가 아픈 줄도 몰랐다. 열심히 달리는데도 꼭 제자리 뛰기를
> 하듯 했다. 핏덩이의 시체가, 아니 아버지가 내 다리를 붙잡는 듯하여
> 차마 뒤돌아볼 수도 없었다. 한참 발 앞만 내려다보고 정신없이 달려가
> 는데, 무엇인가 내 앞길을 막고 솜덩이처럼 부딪쳐 왔다. 모로 쓰러지
> 려는 나를 누구인가 붙잡아주었다. 추서방이었다. 그의 가슴에 얼굴을
> 묻었다. 어들어들 떠는 나를 추서방이 부드럽게 안아주었다.
> "내가 머라카더노. 가지말라 카잉께." 추서방이 내 등짝을 토닥거렸다.
> 가쁜 숨길을 삭이며 나는 잠시 그렇게 서 있었다. "인자 두고 바라. 니가
> 본 그 언신스럽은 시체가 니 평생 대갈통 속에 남아 있을 끼데이. 밤이
> 모 무서버서 통시(변소)도 몬 갈 끼데이." 추서방이 말했다.(256-257쪽)

아버지에 의한 잔인한 고문과 살해 현장에서 뛰쳐나온 주인공은
충격으로 몸을 지탱하지 못하고 앓아눕는다. 아버지로부터 받은 심
신의 부담이 위험 수위에 도달한 것이다. 그럼에도 갑수의 위기는
끝없이 계속된다. 심신의 충격을 가다듬을 겨를도 없이 아버지와 대
면하게 되고, 아버지에 대한 판단이나 자신의 태도를 결정하지 못한
상태에서 다시 아버지에 이끌려 혈연의 감정에 휘둘리는 것이다.

좌익폭동은 사흘 만에 세력을 잃고, 상황이 역전되자 폭동의 무리
들은 산으로 피신한다. 그런데 빨치산이 되어 식량보급을 위해 산에
서 내려온 아버지는 갑수에게 산으로의 동행을 요구하고, 돌려보내

주겠다는 약속 끝에 어쩔 수 없이 동행하던 산행에서 갑수는 다시금 아버지에 대한 애정의 끈을 확인하고 순간적으로 아버지를 용서하기에 이른다.

> "내가 나쁜 사람이기는 하지마는⋯⋯" 아버지는 문득 멈춰서더니, 나를 돌아보았다. 네가 내 아들이 틀림없제, 하듯 아버지가 눈을 크게 뜨고 내 눈을 깊이 들여다보았다. 그 눈길은 어느 누구의 눈길일 수가 없는, 아버지의 정다운 눈길이었다. "니만은 이 애비를 나쁜 사람이라고 생각지 말거래이."
> 아버지의 말에 그만 내 눈에 눈물이 핑글 돌고 말았다. 목이 메었다. 아버지의 그 말이 거짓말이래도 좋았다. 어쩜 그가 그냥 심심풀이로, 이유도 닿지 않는 줄 뻔히 알면서 해 보는 희떠운 소린는지도 몰랐다. 그러나 잠시 후, 아니 내일, 아니 먼 훗날, 그때 내가 그를 욕하게 될지라도 지금은 아버지가 지은 죄를 용서해 주리라, 그럴 수밖에 없다고 나는 마음먹었다. 당신 말고는 어느 누구도 나에게는 아버지가 될 수 없기 때문이었다.(284쪽)

열네 살 때의 사건을 회상하는 시점에서 서술되었기 때문에 다분히 감상적인 측면을 드러내고 있지만, 아버지에 대한 용서는 주인공의 시각이 혈연의 논리에 고착되어 있음을 다시금 확인시키는 장치가 된다. "이 소설에서 '가족'은 배경적 의미를 넘어서 모든 가치의 중심에 놓여 있다고 볼 수 있다. 폭동과 진압의 마을 곳곳을 다니면서, 그리고 추서방의 아버지 비판에도 '나'의 머릿속에는 '아버지'가 있을 뿐이다."[109] 가족의 울타리 속에서 소년으로서의 삶을 구가하고자 하는 열망으로 그의 시각은 아버지에게 고정되어 있으며, 그 집착을 벗어던지기까지 죽음에 필적하는 충격과 고통을 감수해야만 했다.

산으로의 동행을 요구할 때 약속한 것과 달리 아버지는 갑수와의

---

109) 최인자, 「성장소설의 문화적 해석」, 79쪽.

월북 길 동행을 고집하고, 갑수는 아버지의 동반 월북 의지에 맞닥뜨리고 나서야 비로소 아버지에 대한 집착으로부터 깨어난다. 그러나 그것 역시 두고 온 가족과 집으로 돌아가야 한다는 의식에서 비롯되며, 동행을 거부하는 빨치산들에 의하여 하산이 결정됨으로써 마침내 아버지로부터 해방된다.

▷ 3단계 – 레드 콤플렉스 극복 및 용서

갑수는 결국 아버지 세계와 결별한다. 그의 죄과가 식구들을 때리고 울리는 것일 때와는 달리 이제 그를 옹호하면 엄연한 악행의 동조자요, 빨갱이가 되기 때문이다. 그러나 갑수에게는 아버지에게 저항할 힘도 그럴 만한 논리도 없었다. 그기에 아버지에 의해 산으로 끌려가면서 다시금 아버지와의 애정의 끈을 확인하고 연민에 빠진다. 소년 갑수의 사고는 혈연과 선악의 대결구도 속에 갇혀 있으며, 결정적인 선택권은 갑수의 손안에 있지 않았다. 결과적으로 갑수는 아버지의 손아귀에서 벗어나지만 그 역시 스스로 이룩한 결과가 아니며, 현실적 상황에 의하여 제한을 받게 된다. 좌익의 세력은 축출되었고, 갑수는 그 무리와 혈연관계에 있다. 이데올로기도 혈연도 스스로 선택한 것이 아니지만 그 연대 책임에서 벗어날 수는 없는 것이다. 산에서 내려온 갑수는 이제 더 이상 아버지의 복귀를 기대하던 소년이 아니며, 혼돈의 시간들을 뒤로 하고 고향을 이탈함으로써 소년기의 고통 체험을 마감하고 성인의 길, 스스로 가장이 되는 길로 첫발을 내딛는다.

갑수의 고향인 진영 땅은 나흘간의 상처로 인해 상식을 벗어난 곳으로 치부되고, 주인공은 그곳을 떠난 이후 29년 동안 한 번도 다시 돌아가지 않는다. 그러나 갑수는 아버지의 행적과 죄과에 대한 연대 책임의 그늘에서 벗어나지 못한다. 그것은 줄곧 반공체제 이데올로기 일변도의 시대적 분위기 속에서 레드 콤플렉스로 작용하며, 신분적 열등감과 더불어 성년 갑수의 삶을 곳곳에서 지배하게 된다. 부모에 대한 집착, 가족과의 분리 공포, 가족 해체에 대한 남다른 저항은 가족으로부터 자발적인 분리와 독립이 불가능했던 혈연중심의 사고를 반영하는 것이다. 또한 가족을 파괴하고 해체하는 역할을 담당했던 이데올로기 대립의 거대한 물결에 휩쓸림으로써 본능적인 혈연집착의 논리가 증폭될 수밖에 없었던 현실에 대한 증언이기도 하다.

아버지의 세계로부터 커다란 상처를 입은 주인공 갑수는, 결국 가족으로부터 이탈한다. 이후 가족이 재회하기까지의 기간은 시간적으로나 고통의 정도에 있어서나 비교적 수월하게 지나가지만, 6·25 피난길에 죽은 누이 소식에 이어 아버지가 월북 도중 자결했다는 소문을 전해 들음으로써 돌이킬 수 없는 가족 해체의 시련을 감수한다. 그러나 주인공이 성장하여 생활 터전을 마련하고 어머니와 합류하게 되자 파손된 가족공동체 회복을 위한 발걸음이 시작된다. 갑수는 결혼을 하여 아버지가 된 후 어머니의 반대를 극복하고 아버지의 제사를 지낸다. 아버지의 가족 이탈을 막기 위해 몸부림쳤던 갑수에게 아버지의 가족공동체 복귀는 절실한 의무로 받아들여지고, 제사라는 형식을 통해 실현된다.

> 그 소식을 삼촌의 편지를 통해 듣고도 어머니와 나는 아버지의 기일을 맞아 제사를 지내야 한다는 생각을 차마 할 수가 없었다. 내가 서울로 올라가 어머니를 모셔올 때까지 우리 세 식구는 뿔뿔이 흩어져 살았던 것이다. 그 따위 개구신 같은 귀신은 제사도 지내줄 필요가 없다는 어머니의 완강한 반대도 있었지만, 아버지의 제사를 모시기 시작한 것은 내가 결혼한 뒤 현구를 보고부터였다. 그때서야 겨우 가정이 안정을 찾기도 했지만, 이제 나도 아버지가 된 마당에 어찌 아버지의 혼을 모시지 않을 수 있겠냐는 강한 그 무엇이 어머니의 의견을 꺾었고, 객

사한 날짜를 대충 짚어 기일을 삼았던 것이다.(305쪽)

좌익폭동에 가담하고 월북 길에 체포되어 투항하지 않고 자결한
만큼 아버지의 존재는 끝없이 가족의 미래를 위협하는 부정적 역할
을 하고 있음에도 그를 가족공동체로 복귀시키려는 이끌림을 거부하
지 못하는 것은 혈연적 본능과 집착이면서 동시에 제사를 통해 이어
온 유교적 세계관의 발현이기도 하다. 유교적 세계관에 따르면 "부
모의 은혜는 자녀들에게 숙명적인 성격을 갖는 것으로, 효도는 부모
님이 돌아가신 후에도 조상제사로 계속되어야 한다는 것이다."110)
효도라는 절대적, 보편적 가치가 존속하는 한, 어린 시절 아버지로부
터의 깊은 상처에도 불구하고 그를 가족구성원으로 회복하고자 하는
이끌림을 거부하기 어렵다. "온 가족에 의해 거부되었던 부친의 제
사는 단지 음식을 차려 놓고 몇 번 절하는 식의 단순한 제의가 아닌
가족공동체 속에서 그의 존재 여부를 인정하느냐, 않느냐의 문
제"111)로 인식되는 것이다.

유교적 세계관이 뿌리 깊이 박혀 있는 우리의 정서 속에서 혈연
지향이나 가족에의 집착은 보편성을 획득하는 항목으로 인정받기도
한다. 그러나 "공공의 영역에서 자연발생적인 인간의 유대를 넘어서
있는 사실을 지향하거나 또는 공동체 및 이익 집단의 목적이나 이데
를 지향하고 있는 어떤 의무 관념도 찾아볼 수 없다"112)는 지적처럼
혈연지향 또는 가족공동체 지향의 정서 담지만으로 사회인으로서 입
문하는 통과의례의 수행 및 극복을 인정하기에는 미흡한 감이 없지
않다. 다만 해방 후 이데올로기의 대립과 동족상잔의 전쟁을 통하여
파괴되고 훼손된 가족공동체의 혈연집착이 외부로부터 가해진 폭력

---

110) 차성환, 『한국 종교사상의 사회학적 이해』, 문학과지성사, 1992, 92쪽
111) 서석준, 『현대소설의 아비상실』, 시학사, 1992, 137쪽.
112) 차성환, 위의 책, 104쪽.

에 저항하고 극복하는 과정에서 파생된 결과라고 할 때, 그 상황의
절박함으로 인하여 다소나마 정당성을 회복할 수 있을 것이다.

성장소설로서 「노을」의 소년 체험은 그것이 정상적인 성인세계로
의 복귀라는 자연스러운 이행으로 연결되지 못하고 처절한 상처로
끝난다는 데 문제가 있다. 시련을 뛰어넘은 입문자는 통합의 과정으
로서 성인세계로의 진입을 꾀한다. 그러나 갑수의 성인사회로의 복
귀는 고향의 이탈로 대치된다. 그리고 다시 돌아오지 않음으로써 체
험 이전의 세계와는 완전히 결별하고 사실상 복귀라고 볼 수 없는
다른 세계로 이적한다. 정상적인 복귀가 불가능했기 때문에 갑수는
콤플렉스를 안고 출발할 수밖에 없다. 백정이라는 신분적 콤플렉스
와 레드 콤플렉스가 그것이다. 고향을 외면하는 그의 내면에는 이
두 개의 부정적 그림자가 작용하고 있는 것이다. 그것은 다시 치명
적인 상처로서의 속성을 드러내는데, 결단코 떼어 내버리지 못할 혈
연의 논리, 아버지에 대한 연민과 감정적 옹호로 이어진다. 그도 역
시 피해자라는 논리다. "핏줄의 물신화 현상. 모든 것을 핏줄에 연결
시키고, 그 정당성을 주장할 때 이는 논리적 판단을 당초부터 거부
하는 현상"113)이다. 그러나 삶을 지배하고 그 전도를 좌우하는 것은
당위라기보다는 시간의 축을 따르는 상황의 논리일 때가 더 많았다.
주인공은 고향을 떠났을지언정 고향으로부터 완전히 벗어날 수는 없
으며, 새로운 세계와도 화해하지 못한 채 시대의 논리에 따른 또 다
른 정황들에 의하여 자꾸만 과거를 되새김한다. 전이의 단계를 뛰어
넘고 성인의 세계로 유연하게 안착하지 못한 주인공을 통하여 성인
사회로의 진입을 위한 통과의례의 조건과 상황이라는 변수가 삶에
미치는 영향력의 지대함을 확인할 수 있다.

---

113) 김윤식, 「문학사적 개입과 논리적 개입」, 『문학과 사회』, 1991년 겨울,
    1514쪽.

2. 모자 갈등 및 장자의 길 : 「마당깊은 집」

「마당깊은 집」은 한국전쟁 직후 편모슬하에서 성장한 14세 소년의 성장 체험담이다. '부권부재' 또는 '편모슬하'라고 불리는 성장의 환경은 일제 강점기 이후 두드러지게 지적되는 것으로, 우리의 역사적 현실이 불러온 보편적인 삶의 환경이자 조건으로 인식되고 있다. 그러나 사실상 인물의 일대기 형식으로 진행되어 온 전대의 서사체들 역시 대체로 고아이거나 편모슬하에서 아버지 찾기에 골몰하거나 기아 또는 고아가 되는 성장환경 속에 놓여 있었음을 상기할 때, 이는 우리 소설사의 전반에 내재한 하나의 맥락으로 간주할 수 있을 것이다. 특히 본고의 논의 대상인 성장소설에 있어 편모슬하라는 상황은 "한국사회 전체가 대대로 심각한 혼란과 변동을 거치는 과정에서 개인의 성장이 일종의 '고행'이 되어버린 사정을 압축하여 보여주는 것"114)이라고 할 수 있다.

「마당깊은 집」에서 편모슬하라는 상황은 어머니의 대리부권을 주인공이 이양받기까지의 고행으로 집약된다. 주인공을 가장으로 키우기 위한 어머니의 강력한 모권발동에 회의하고 저항하는 가운데 소년은 서서히 '가짜 아버지'115)로서의 자신의 위치를 받아들인다. 결국 주인공 길남의 성장과정은 어머니의 강제에 의하여 왜곡되면서 "성장이 그것 자체로 문제적이 되어버린 상황"116) 속에서 스스로 돌파구를 찾아야만 했던 아버지 되기의 도정이다. 소년기의 성장 체험을 논의함에 있어 주인공의 성장 배경이란 상황의 논리에 따라 조건 지워짐을 감안할 때, 성장소설에 있어 가족환경의 파손으로 빚어지

---

114) 황종연, 「성장소설의 한 맥락」, 683쪽.
115) 김현, 「이야기의 뿌리, 뿌리의 이야기」, 『문학과 사회』, 1989년 봄, 251쪽.
116) 황종연, 위의 글, 683쪽.

는 상황 자체의 모순에 초점을 두어 논란을 벌이기보다는 환경으로부터 파생되는 시련의 변수들, 그리고 그것을 토대로 이루어낸 성장의 도달점과 성과에 주목함이 온당할 것이다. 인간의 성장이 완벽하게 계획되고 조직된 환경 속에서만 이루어지는 것은 결코 아니라는 점을 상기할 때, 논의의 중심은 자연히 주인공 길남의 내적 성장 그리고 주어진 환경에 대한 반작용으로서 축적되는 통합의 단계를 위한 성과물에 두어야 할 것이다.

▷ 1단계−아버지 없는 집안의 장남

통과의례에서 분리의 단계는 여성들, 특히 어머니로부터의 격리로부터 시작되는데 「마당깊은 집」에서의 분리는 물리적인 것이라기보다는 심정적인 격리에 치중된다. 분리의 단계가 일정한 연령의 소년들에게 강제적으로 부여되는 과정인 것처럼, 열네 살인 길남의 경제활동의 장으로 분리는 어머니의 강제에 의하여 진행된다. 길남은 이미 어머니와 떨어져 이 년여를 진영의 장터 주막에서 보낸 경험이 있으며, 중학교에 보내기 전에 돈벌이의 어려움을 깨닫게 하려는 어머니의 계획에 따라 가족과 합류하여 마당 깊은 집의 단칸 셋방에서 가족과의 새로운 생활을 시작한다. 어머니 곁으로 돌아오긴 했으나 학교에도 보내주지 않고 애비 없는 집 장남임을 강조하면서 세상살이의 어려움을 깨우치라고 밖으로 내모는 어머니에 의해 길남은 홀로 힘겨운 세상과 대결하고 극복해야만 하는 처지에 놓인다.

이 작품에 서술된 일 년여의 기간 동안 주인공 길남은 어머니로부터 자아의 위치를 확인하고, 세 들어 살고 있는 마당 깊은 집의 주인댁을 비롯한 다른 가족의 면면들을 통하여 다양한 인생 역정에서 발산되는 삶의 희비와 갈등, 그 속에 내재된 인생의 의미 등을 자연스럽게 받아들인다. 또한 집 밖에서의 경제활동, 즉 신문팔이를 통하여 만난 한주라는 친구로부터 영향을 받는 등 정신적으로 한층 성숙해 가는 과정을 보여준다. 비록 저녁마다 어머니 곁으로 돌아오곤 하지만 자신에게 부여된 장남으로서의 역할과 어머니의 기대를 온몸으로 지탱하며 나름대로 세상살이의 이치를 터득해 간다. 그런 데도 홀어머니의 장자 노릇은 여간 고달픈 것이 아니다. "화자인 주인공은 자신에게 엄혹했던 어머니를 결국은 용서하는 방향으로 이야기를 펼쳐가고 있지만 어머니의 폭정으로 인한 시련은 매우 뚜렷하게 그의 회상 속에 남아 있다."[117] 그러므로 주인공 길남의 회상을 통한 성장 체험은 소년기 주인공의 시련의 혹독함을 어머니와의 관계를 통하여 풀어내는 작업이기도 하다. 주인공의 어머니에 대한 표현들이 신랄하고 어머니에 대한 자신의 감정 또한 매우 적나라하게 서술된다는 점에서 그 애증의 깊이를 짐작할 수 있다.

> "길남아, 그 팔십 환으로 신문을 받아서 팔아봐라. 돈을 얼매만큼 벌이는 기 문제가 아니라 니 힘으로 돈벌이를 해보모 돈이 얼매나 귀한 줄 알 수가 있을 끼다. 이 세상으 쓴 맛을 알라카모 그런 경험이 좋은 약이 될 테이께. 초년고생은 돈주고도 못 산다는 속담도 있다……" 내가 감히 거역할 수 없는 옹이 박힌 말이었다. (중략)
> 나는 돈 팔십 환을 주머니에 넣고 막막한 심정으로 집을 나섰다. "신문을 팔지 못 하겠거덩 그 돈으로 차비를 해서 다시 진영으로 내려가 술집 중노미가 되든 장돌뱅이가 되든 마음대로 해라." 어머니의 아귀찬 마지막 그 말을 떠올리자, 용기를 내지 않을 수 없었다. 길거리나 어슬렁거리다 돌아가면 어머니는 틀림없이 저녁밥을 굶기고, 어쩌면 집에서 잠도 못 자게 내쫓을는지도 몰랐다. 어머니는 자식에게만은 엄격하고 냉정한 분이었다.[118]

---

117) 황종연, 「성장소설의 한 맥락」, 682쪽.
118) 김원일, 『마당깊은 집』, 문학과지성사, 1988, 28-29쪽. 이하 본문 인용

　길남의 경제활동은 신문팔이로 시작된다. 물론 어머니에 의하여 제시된 돈벌이의 방편이다. 목청이 트이지 않아 신문 사라는 소리를 외치지 못하고 옆구리에 끼고만 다니던 첫날 이후 길남의 신문팔이는 빠르게 발전된다. 신문 파는 방법이나 그날그날의 목표량 조절 요령을 터득하고, 신문을 다 팔고 난 후에도 곧장 집으로 돌아가지 않고 시내구경을 하는 등, 곧바로 세상살이에의 적응을 시작한다.

　신문팔이에서 신문배달로 승격되어 월급을 받게 되고 제법 생활의 요령도 터득해 가지만 어머니의 길남에 대한 요구는 점점 강도가 높아가고 길남은 어머니의 요구가 부담스럽기만 하다. 신문팔이를 통하여 알게 된 친구 한주에게 신문배달 자리를 추천받는 등 사회생활에서의 인정과 신뢰로 사기가 올라가는 반면, 어머니의 계속되는 훈계와 질타로 어머니에 대한 애증의 골은 깊어만 간다. 길남의 가족들은 서로간의 애증으로 인하여 나름대로의 설움을 간직하고 있다. 어머니는 어머니대로 과부라는 설움 때문에, 주인공인 나는 그 과부의 장자라는 사실로 인하여 어머니는 아버지에 대하여, 나는 어머니에 대하여 애증을 갖는다.

　　"그 이중의 애증은 아버지가 존재하지 않기 때문에 생겨난 심리적 반응이다. 아버지가 살아 있다면, 어머니 / 아버지, 나 / 아버지의 대립은 또 다른 면모를 보였을 것이다. 예를 들어, 어머니는 가출을 했을지도 모르며, 나는 부랑자가 됐을지도 모른다. 그러나 아버지의 부재는 그 가능성을 막아버린다. 부재하는 아버지는 비현실이며, 곁에 있는 어머니는 현실이다.119)

　길남은 부재하는 아버지에 대하여 그리움을 갖고 있는 반면, 어머니는 남편의 부재를 원망하며 길남에게 보상받으려 하기 때문에 아

─────────

　은 쪽수만 기입한다.
119) 김현, 「이야기의 뿌리, 뿌리의 이야기」, 248쪽.

버지 부재라는 사실이 어머니와 나 사이에 애증관계를 형성한다. 나는 어머니의 아들이고자 하나 어머니는 아버지의 역할을 맡으라고 강요한다. 그리고 그것이 가능해질 때까지는 어머니가 아버지 대신 길을 안내하겠다며 결연한 의지를 내보이는 것이다. 그러나 길남은 어머니가 생각하는 아버지 역할이 온당하지 못하며, 자신이 그런 역할을 감당할 수도 없다는 거부의 논리를 키워나간다. 어머니와 길남의 대립은 한층 심화되고 길남은 어머니의 시야를 벗어난 곳으로부터 자기만의 세계를 발견해 간다.

> 나는 신문팔이와 신문배달을 통해 세상살이의 어려움을 눈치로 터득했고, 사람과 사람의 관계가 얼마만큼 이기적이며, 그 생존경쟁에서 이기기가 힘드냐를 너무 일찍 알아버린 셈이었다. 어머니의 말처럼 장차 내가 집안의 의지기둥이 되려면 남을 딛고 일어서야 하는데, 그러자면 정직과 성실만으로는 어렵고 실력·체력·노력, 거기에다 탐욕·교활·언변 따위까지 갖추지 않으면 안 되었다. 나는 도무지 어머니의 그 맺힌 한을 풀어드릴 수 없을 것 같았다. 어서 세월이 흘러 머리 허옇게 센 노인이 되고 싶다고 내가 생각하기 시작한 것도 그날 아침 어머니의 그 말을 들었을 때부터였다.(170쪽)

길남은 얼마간의 돈벌이 경험을 통하여 어머니가 알지 못하는 비정한 세상살이의 이치를 터득했다고 믿게 되고 그럼으로써 어머니에 대한 시각과 자세가 점차 달라져 간다. 생존경쟁에서 이기는 일은 집안에서 삯바느질로 생계를 꾸려가는 어머니의 경험세계와는 근본적으로 다르다는 논리다. 어머니의 기대는 세상살이의 현실성이 결핍된, '맺힌 한'의 풀이로만 여겨진다. "어머니의 비정─독기라고 표현해도 좋을 단단함은 혼자 남은 여성, 특히 전쟁터에서 혼자 남은 여성 특유의 생존본능과 남편에 대한 원망, 장남에 대한 남편에의 대상심리"[120]로 파악된다. 전쟁으로 삶의 터전을 잃고 가난 속에서 자식들을 길러내야 하는 부양책임도 힘겨운 것이며, 남편이 없어 무시당하고 산다는 설움에다 남편의 존재나 거취를 함구해야 하는 위치에 놓인 어머니는 열악한 삶의 조건에 원한 맺힌 인물로 규정된다. 한편 "남성의 일시적인 부재로 가족적 삶이 흔들릴 리가 없다는 것을 보여주기 위해서라도 가족의 주인공이 된 여성들은 더욱 가부장적 명분에 충실"[121]하려고 한다. 어머니의 길남에 대한 기대와 장남 만들기는 이러한 심리의 반영이지만, 길남은 어머니의 기대가 실현 불가능한 집착이라고 받아들이고, 어머니 세계의 한계와 여성으로서의 어머니 인식에 한 걸음 다가감으로써 현실적으로는 어머니로부터 일정한 정도 거리를 유지한다.

어머니의 비극성은 대리부권의 역할을 잘 수행하려는 의지와 현실 사이의 괴리에서 온다. 결손된 가정에 대한 피해의식과 보상심리의 발현으로도 이해할 수 있는 어머니의 태도는 가족이데올로기가 산출해 내는 정서 훼손의 한 단면이다. "니가 크야 한다. 질대(황대)같이 얼렁 커서 튼튼한 사내 구실을 해야 한다. 그래야 혼자 살아온 이 에미 과부의 설움을 풀 수가 있다."(170쪽)라는 표현에서 보듯 결핍된 것에 대한 상처, 그 결핍으로 메우기 위한 장치에의 집착으로 어머니는 어머니 고유의 속성을 상실한 채 황폐해져 가고 있는 것이다. 그러나 길남은 어머니의 실상을 조망할 수 있는 위치에 자리하지 못한다. 자신의 앞에 주어지는 과제들을 감당하기에만도 여력이 없다. 게다가 어머니가 요구하는 사회적 성공이 자신의 논리와 배치된다는 갈등까지 겹쳐 성장을 유보한 채 "어서 세월이 흘러 머리 허옇게 센 노인이 되고 싶다"고 딴전을 부린다. 이런 상황에서 길남의 성장은 어머니의 시선으로부터 자유로운 사회활동의 장, 그리고 주

---

120) 김주연, 「모자관계의 소외/동화의 구조」, 『마당깊은 집』, 문학과지성사, 1988, 318쪽.
121) 조혜정, 『한국의 여성과 남성』, 93쪽.

변 인물들의 면면을 통한 내적 성찰을 기반으로 진행된다.

> 길남은 신문배달도, 장작패기도, 학업도, 즉 어머니의 명령에 의해
> 강제적으로 해야 하는 어떤 행동에도 적극적으로 나서지 못한다. 대신
> 그는 주위를 관찰하고 그것을 머릿속에 곱삭이는 애늙은이가 된다. 그
> 의 독자적인 행동은 늘 대리부권인 어머니에게서 제지당하거나 방해받
> 기 때문이다. 이것은 역설적으로 길남의 정신적 성장에 도움을 준다.
> 길남은 행동하지 않음으로 해서 주위 사물과 인간의 관찰에 많은 시간
> 을 보낸다. 자아 밖의 주의 깊은 관찰은 세계 해석의 기초적 과정이며
> 아이로부터 어른으로 탈바꿈하는 자연스런 성장의 한 모습이다.[122]

길남이 마당 깊은 집에서 접하게 되는 모든 정보들은 목격됨으로
써 또는 들려옴으로써 길남에게 다가온다. 신문을 팔러 나다니다가
우연히 길에서 마주침으로써, 또는 누군가 이야기하는 것을 허술한
셋방의 칸막이를 통하여 우연히 듣게 되거나 내놓고 논평을 가하는
면면들의 입에서 확인함으로써 돌아가는 형편들을 하나하나 받아들
인다. 그러나 길남은 그것에 대하여 주석을 달거나 판단하지 않고
함구한다. 일단 받아들여 둔 다음, 나중에 그것이 무엇이었던가에 대
하여 회상하며 수긍하고 깨닫는다. 길남의 그러한 처세에 따라 어머
니에 대한 애증도 서서히 세상살이의 일부로 수용되고, 속 깊은 이
해는 다음을 기약한 채 오늘의 화해를 일구어 낸다.

▷ 2단계 − 어머니 극복하기 및 정체성 탐구

길남의 어머니에 대한 인식 변화는 신문팔이에서 신문배달로 취직

---

122) 하응백, 「부권 상실의 시대, 그 소설적 변주」, 『문학으로 가는 길』, 문
학과지성사, 1996, 172쪽.

을 하는 과정에서 얻은 자신감에서 비롯된다. 신문팔이 시절 알게
된 한주는 소년가장으로서 세상살이에 적극적이고 긍정적인 자세를
보임으로써 길남에게 세상살이의 또 다른 측면을 엿보게 한다. 길남
은 신문배달 자리를 소개하고 취직을 주선하는 과정에서 자기를 무
조건 믿고 지원해 주는 한주에게 감동을 받는다. 어머니와의 관계에
서 인정을 받거나 신뢰감을 느껴본 적이 없는 길남에게 속내도 제대
로 알지 못하는 친구로부터 받은 지지와 후원의 말은 가슴에 새겨두
고 길이 보전할 만한 귀중한 추억으로 남아 있게 된다.

> 나는 지금도 내 대구 생활의 출발을 돌이켜 볼 때, 겁 많은 나에게
> 용기를 주고 가난 속에서도 구김살 없이 씩씩하던 소년가장 한주를 잊
> 지 못한다. 특히 나를 신문배달원으로 취직을 주선했을 때, 보급소장
> 손 씨 앞에서 "길남이를 한번 믿어 보세요" 하던 말과 '참는 자에게 복
> 이 있다'는, 어디서 주워들었는지 그 성경 구절 말은 그 뒤 오랫동안
> 내 마음속에 남아 있었다. 그래서 무슨 일이든 참고 기다리는 끈기와
> 남이 믿을 만한 사람이 되어야 한다는 성실성은, 때때로 나 자신을 홀
> 연히 돌아보게 하는 각성제의 구실을 톡톡히 했다.(154쪽)

자신을 업둥이로 여기고 정체감을 얻지 못하던 길남에게 있어 한
주는 삶에 자신감과 활력을 불어넣어 주는 존재로 각인된다. 성인이
된 화자에 의해 진술되는 소년기의 체험은 그 시간의 격차로 인하여
낭만적인 여운을 남긴다. 마치 지금도 "길남이를 한번 믿어 보세요"
라는 음성이 귀에 들리는 듯한 아련한 추억 속에 화자인 주인공이
놓여 있다. 자신에게 신뢰라는 또 다른 비전을 보여주었던 소년시절
의 친구 한주는 성장기의 한 부분을 장식하고 사라져버린 존재로서
커다란 여운을 남기며, 어머니와는 대조적인 존재로 각인된다. 어머
니의 끝없는 요구를 묵묵히 수용하기에는 길남의 나이가 너무 어렸
고, 어머니의 성정에 대한 이해도 부족하였기 때문에 그들 사이의

애증의 골이 깊어져 갔던 것이다.

> 저물 무렵 그 귀가 길의 추위란 배고픔 못지않게 마음을 외로움과 슬픔으로 채워 더러운 세월을 탓하는 어머니처럼, 나 역시 이 세상에 살고 싶지가 않았다. 어둠 속으로 먼지보다 더 작은 알갱이가 되어 형체도 없이 사라지고 싶었다.(142쪽)

장자로서 생계를 위하여 일터에 나선 길남은 세상살이의 고달픔과 소외감을 힘겹게 극복해 간다. 길남의 집 밖에서의 생활은 주로 사람들과의 만남과 그들에 대한 성찰로 이루어진다. 마당 깊은 집에 함께 세 들어 사는 가족구성원들의 돈벌이 현장을 목격함으로써 먹고살기가 힘겨운 냉정한 세상살이의 이치를 가늠하고, 사람들의 세상살이 및 돈벌이에는 나름대로의 원칙과 기준이 있음을 깨닫는다. 특히 상이군인인 준호 아버지는 마당 깊은 집에 세든 사람들 중 유일한 아버지이자 가장으로서, 길남에게 모범적인 아버지의 상으로 비춰지고 길남은 그의 행동에 감화를 받는다.

> 준호 아버지는 말없이 계산대 위에 꺼내 놓았던 물건을 군용 백 속에다 다시 담기 시작했다. 물건을 다 챙겨 담자, 그는 다방 문을 열고 당당한 걸음으로 나가버렸다.
> "벙어린가봐." 여주인이 닫긴 문짝을 보며 혼자말로 종알거렸다. 준호 아버지를 뒤따라 나오며 나는 계산대 위에 놓인 잔돈을 볼 수 있었다. 그는 돈을 가져가지 않았던 것이다. 나는 준호 아버지가 깜박 잊고 그 돈을 가져가지 않았다고는 생각할 수 없었다. '성깔이 있는 사람이구나' 하는 느낌과 더불어, 준호 아버지의 그 행동은 내게 적잖은 충격을 주었다.(35쪽)

상이군인이 되어 한 손에 쇠갈고리를 달고 행상을 하는 준호 아버지를 밖에서 발견하고 호기심에 그의 뒤를 밟아온 길남은, 자존심을 지키는 그의 태도를 엿보고 자신의 어머니와는 다른 신선한 충격을 받음으로써 자기 논리를 성숙시켜 갈 수 있는 비전을 얻게 된다. 편모슬하에서 자라는 길남에게 준호 아버지는 우호적인 아버지상으로 인식된다. 불구자이면서도 동정이나 적선을 거부하는 당당한 모습에서 진짜 아버지다운 면모를 확인하는 것이다. 또한 마당 깊은 집의 장마 통 물난리 때 보여준 준호 아버지의 지휘관다운 통솔력과 사람들 앞에 개의치 않고 드러낸 고무 팔이 주는 위압감, 조직적으로 문제를 해결해 나가는 굳건한 모습에서 길남은 그의 남자다운 위엄을 발견한다.

> 그에 대해 길남이 존경심에 가까운 호의를 품는 이유는 그의 뛰어난 리더십뿐만 아니라 세 들어 사는 다섯 가구에서 유일한 남성 가장이라는 점에서도 찾을 수 있다. 전쟁은 수많은 여성 가장을 양산해 냈고 남성다운 부권은 자연스럽게도 희귀하게 되었다. 아버지 없는 자식으로서 준호 아버지에 대한 길남의 호의는 이런 부권에 대한 그리움의 반영이라 할 수 있다.[123]

길남이 어머니로부터 내몰려 경제활동에 뛰어들어야 하는 상황은 아버지의 부재에서 비롯된 것이다. 더구나 "누가 머든 묻든지간에 우리는 아무것도 모른다카라."(169쪽) 하는 어머니의 엄명에 따라 아버지에 대하여 함구해야 하는 처지인 만큼 부권을 향한 그리움을 간직하게 됨은 당연한 것이다. 그럼에도 아들의 내적 욕구는 아랑곳하지 않고 오직 장남에 대한 기대와 집착으로 자신을 혹사시키는 어머니는 준호 아버지와 대비되어 상대적으로 왜소하게 보이거나 더욱 억척스럽게 여겨짐으로써 두 사람은 애증관계가 서서히 그 구도를 달리할 수 있는 실마리를 축적해 간다.

---

123) 하응백, 「부권 상실의 시대, 그 소설적 변주」, 170쪽.

길남에게 남자다운 완력과 그 힘의 적절한 안배를 일깨워 준 사람은 안채의 장작을 패러 온 주억술이라는 사람이다. 그는 황해도 수안 출신으로서 전쟁 때 헤어진 가족을 찾아 떠돌아다니면서 품팔이를 하러 마당 깊은 집에 들른 것이다. 길남은 자신이 겨우내 패야만 할 장작을 이틀 만에 다 패고 떠나는 그에게서 성인 남자의 우람한 완력과 힘을 사용하는 능숙함에 감탄한다. 그리고 남성으로서의 자기 존재에 대한 인식을 갖게 된다.

> 주억술 씨는 나흘 만에 두 트럭분의 장작을 다 패었다. 나로서는 겨우내 패어도 끝내지 못할 일을 그는 가뿐하게 끝내고 뒷정리도 깨끗이 한 뒤, 저물녘에 노마님으로부터 칭찬말과 함께 품삯을 받아 떠났다. 떠나며 그는 품삯도 못 받는 어린 동업자에게 한마디 말을 남겼다.
> "나무패기를 힘자랑으로만 아는 사람은 제 몸 다치기가 십상이지. 죽은 나무두 깡아리가 있으니 잘 어뤄줘야 해. 너도 내년쯤은 장작 패는 선수가 될거야. 오늘 보니 곧잘 패던데. 또 보자구. 너도 황해도 수안군 산정면 주씨 집안을 잊지 마. 내 이리루 지날 때 종종 들릴 테니."(111쪽)

장작패기가 힘자랑만은 아니라는 주억술의 충고로 길남은 완력을 적절히 통제하는 남성에 대한 선망을 간직한다. 그러는 가운데 길남이 장남으로서 감당해야 하는 일들은 갈수록 늘어만 간다. 이른바 집안에서 남자가 해결해야 하는 모든 일들이 길남의 몫이 된 것이다. 돈벌이와 장작패기는 물론, 바깥채로 이사하게 되어 짐을 옮기는 일, 물지게를 져 나르는 일까지 모두 독차지해야 하는 길남은 "어데 종놈으로 부리묵을라고 나를 대구로 델고 왔나"(126쪽) 하고 투덜거릴 만큼 어머니의 혹사가 서럽다. 그러나 길남은 주어지는 일들을 차례로 소화해 나간다. 신문배달원으로 취직도 하였고 내년에는 중학교 입학을 기약하고 있는 터였다.

연말이 되자 어머니는 삯바느질 일감으로 여념이 없고 그 틈을

타 안채의 크리스마스 파티를 구경하던 길남은 어머니에게 혼찌검을 당한다. 흥분한 어머니는 욕설을 퍼붓다가 재봉틀에 손을 다치고 길남은 가출을 시도한다.

> 나는 순간적으로, 이 기회야말로 집에서 나가버려야 한다고 결심했다. 어머니는 나를 보고 집을 떠나라고 말했고, 만약 그 말에 굴복하여 숫포대 회초리를 가지고 직수굿하게 방으로 들어온다면 전에 없는 가혹한 매타작이 있을 터였다. "뒈져라, 니 같은 종자는 밥만 축낼 뿐 살 필요가 없다. 새끼 하나 전쟁 통에 죽었다고 생각하모 그뿐, 내사 아무렇지도 않다!" 어머니는 이렇게 지청구를 떨며 삿매질을 해댄 끝에 내가 입에 거품을 물고 늘어질 때서야 회초리를 거둘 게 분명했다.(148쪽)

자기의 출생에 대하여 "다리 밑에서 주워온 자식이 아니면 아버지가 다른 여자로부터 낳아 집으로 데려오지 않았을까"(101쪽) 하는 의심을 하고 있었던 데다가 어머니의 지청구, 삿대질과 회초리, 그리고 두고두고 이어질 타박으로부터 벗어나고 싶어 슬그머니 집을 빠져나오는 것이다. 이틀 동안을 집에 돌아가지 않음으로써 길남은 어머니에게 대항하고, 마침내 어머니가 역 대합실로 아들을 찾아옴으로써 길남은 어머니와의 대결에서 승리한다.

▷ 3단계 – 장자의 지위와 의무 수용

길남이 어머니에 대하여 품고 있었던 설움과 원망, 분노는 두 사람 사이의 관계가 일방적 지시와 순응이라는 불평등 내지는 불합리한 권력구조로부터 파생된 것들이다. "그는 어머니 때문에 어쩔 수 없이 가짜 아버지가 된다."[124] 그러나 가짜 아버지이기 때문에 그에 상응하는 대우를 받지는 못한다. 아버지 구실을 해야 하면서도 그

공로와 역할에 대하여는 인정받지 못함으로써 소외감과 괴리감을 느낀다. 그것을 해소하지 않고는 더 이상 관계를 지속할 수 없을 만큼 긴장이 팽팽해 졌을 때 결국 반란이 일어난다. 길남의 가출은 그런 의미에서 제의적 성격을 가진다. 제의를 통하여 관계가 새롭게 정립되고 묵은 갈등은 일거에 해소된다.

길남이 어머니로부터 진저리를 느끼는 것은, 길남의 존재와 행동거지를 구속하는 언어들 때문이다. 어머니의 "너는 이제 애비 없는 이 집안의 장자다."(27쪽)라는 말을 귀에 못이 박히도록 들어왔으며, 잘못을 나무랄 때의 지청구 또한 회초리 못지않게 염증이 난다. 가출한 길남을 찾아온 어머니는 아무 말도 하지 않음으로써 길남의 맺힌 설움을 어루만지고 길남은 어머니의 아들임을 확인함으로써 갈등이 해소된다. 그가 기대하는 것은 가짜 아버지로서의 대우가 아니라 '어머니의 아들'이라는 소년으로서의 욕망이다. 그 욕망을 충족함으로써 그는 어머니에 대한 응어리를 풀어내고 명실 공히 장남으로서의 지위에 충실하려는 자세를 갖게 된다.

> 아침 밥상을 받자, 콩나물과 대파 건더기 사이에 쇠고기 기름이 동동 뜨는 고깃국이 내 밥그릇 옆에만 놓여 있음을 알았다. 그 뒤로도 그렇다, 그렇지 않다로 변덕이 죽 끓듯 했지만, 그 순간만은 내가 어머니의 아들임을 마음 깊이 새겼다. 목이 메여 밥이 잘 넘어가지 않았고 어머니는 여전히 아무 말씀이 없었다.
> 나는 가출에 따른 죄지었음의 되갚기라도 하듯 이튿날 아침부터 이모 댁의 도끼와 징을 빌어와 부지런히 장작을 패었다. 더러운 세월과 가난에 분풀이라도 하듯 땀을 흘리며 열심히 도끼를 휘둘렀다. (중략)
> 나의 가출을 두고 끝내 가타부타 한 마디 말씀도 하지 않음으로써 더 아픈 마음의 회초리를 맞고 있던 나는 장작이나 패는 일이 어머니의 환심을 살 수 있는 오직 한 가지 방법이라고 믿었던 것이다.(159쪽)

---

124) 김현, 「이야기의 뿌리, 뿌리의 이야기」, 250쪽.

부재하는 아버지에 대한 그리움이나 아버지상으로 비춰지는 인물들에 대한 선망은 충족되지 않는 모성에 대한 반작용이며 욕망의 편재이다. 어머니에 대한 애증의 실체를 가늠한 소년가장은 비로소 성인으로 발돋움할 수 있는 토대를 마련하는 것이다. 장작패기가 그저 장작패기일 때와는 다른 의미로 받아들여진다. "장작패기는 악심을 먹은 만큼 차츰 그 요령에 익숙하여 일이 붙었다. 잠자리에 들었을 때 팔뚝과 가슴을 만지면 단단하게 알심이 배어 있었다."(159쪽)고 고백하듯이 어머니의 혹사에 대한 거부감으로 팽배해 있던 주인공은 이제 어머니의 기대를 노동으로써 보상하려는, 그럼으로써 자신의 만족을 도모할 수 있는 세계로 진입하고 있는 것이다.

> 그렇게 학교와 대구일보사로 맥 빠진 채 나다니던 4월 하순, 나는 마당 깊은 집의 그 깊은 안마당을 다른 흙으로 돋구어 올리는 공사 현장을 목격했다. 내 대구 생활 첫 일년이 저렇게 묻히고 마는구나 하고 나는 슬픔 가득 찬 마음으로 그 묻히는 땅을 보았다. 굶주림과 설움이 그렇게 묻혀 내 눈에 자취를 남기지 않게 된 것은 달가웠으나, 곧 이층 양옥집이 초라한 내 삶의 족적을 딛듯 그 땅에 우뚝 서게 될 것이다.(188쪽)

길남의 소년기 체험은 마당 깊은 집에서의 기억들로 충만해 있으며, 성인이 되어 회상하는 시점에서 바라보면 그 모습은 오로지 어머니의 아들 되기를 갈구했던 어리광으로서 '초라한 내 삶의 족적'에 불과할지도 모른다. 그러나 어머니를 극복하고 장자의 길을 수용하기까지의 난관들은, 조건이 다르고 다양한 변수를 동반할지언정 상처와 회한을 남기게 마련이며, 경우에 따라서는 쉽게 아물지 못하는 고통의 흔적을 남긴다. 가족과의 관계에서 비롯되는 상처인 경우 그 강도는 더 심화되곤 한다. 밀착된 관계 때문에 그 흔적을 도려낼 수 없는 것이다. 성인 화자로서의 주인공 길남은 성인이 되어서까지도 해결하지 못했던 감정과 일화들을 사이사이에 서술함으로써 소년기의 예화들에 대하여 아직도 집착을 버리지 못하고 있음을 보여준다. 어머니가 돌아가시고 그 세월은 과거의 시간 속으로 묻혀버렸지만 그 기억들이 반추해 내는 의미들은 성인이 된 지금까지도 재고해보아야 할 만한 요소로 남아 있는 것이다.

김원일의 성장소설은 철저하게 가족공동체 염원을 반영하고 있으며, 소년기 주인공의 가족에 대한 강도 높은 집착을 중심으로 전개된다. 「노을」의 갑수는 아버지의 아들이 되기 위하여, 「마당깊은 집」의 길남이는 어머니의 아들이 되기 위하여 대결하고 고통을 받는다. 주인공이 열네 살의 소년이기 때문에 혈연적 정체감에 집착하고 그것을 기반으로 가족이라는 세계 속에 자리매김 하려한다. 그들에게 자신이 대결하고 포용해야 하는 세계란 오직 가족뿐이다. 그러나 그것은 주인공들의 연령적 한계나 유아기적 감상으로 치부할 수 없는 엄연한 현실의 반영이라는 점에서 주목을 받아야 하는 측면이기도 하다.

> 분단시대를 내리누르는 이데올로기적 금기와 억압 속에서 아버지는 '실종' 아니면 '타살'의 상태였다. 원천적 부재(不在). 그러니 그것은 공격을 통해 극복해야 할 대상도 아니었고, 존경을 통해서 모방해야 할 대상도 아니었다. '아버지는 없다. 입 밖에 내서는 안 된다.' 이것이 분단시대의 작가들을 내리누르는 질곡이었다.125)

김원일 소설의 주인공들은 아버지의 정체성 부여에 골몰한다. 「노을」의 주인공 갑수에게 아버지는 백정으로, 빨갱이로, 살인자로 그리고 월북자로 각인되어 있다. 아버지의 정체를 수용하고 극복해야만 비로소 아버지의 굴레를 벗어나 성인의 세계로 진입할 수 있건만, 어린 소년이 납득하고 수용하기에는 부정적 요소들만이 결합된 존재

---

125) 김철, 「아버지를 찾아서: 시간과의 대결」, 『아버지의 얼굴』, 국민서관, 1991, 295쪽.

인 것이다. 그래서 아버지와의 화해에 이르기까지 29년이라는 세월
이 필요했던 것이다. 「마당깊은 집」의 길남이도 아버지에 대하여 함
구하라는 엄명하에 아버지의 죽음을 비행기 폭격으로 오해하고 있다
가 성인이 되어서야 행방불명임을 알게 된다. 아버지의 존재를 상실
한 길남이는 주변 인물들을 통하여 부권에 대한 열망을 위로받으며,
아버지 극복이 아닌, 부권적 모델들의 모방을 통하여 스스로 아버지
되기의 길로 나선다. '에미 과부의 설움'을 보상하기 위해서는 가짜
아버지가 되어야 하며, 그것이야말로 진정한 어머니의 아들 되기인
것이다. 그래서 김원일 성장소설의 주인공들은 소년기를 조기 졸업
하고 일찍 성인의 대열에 합류하여 고단한 삶의 행보를 시작할 수밖
에 없었다.

　성장소설이 선험적 고향에 대한 체념으로서 공동체의 보편적 가치
에 동화되어 가는 과정에 주목하고 있다면, 김원일의 성장소설은 주
인공의 연령이 아직 14살 정도로 어리다는 점 때문에 극단적인 체념
의 성격을 강하게 드러낸다. 그들이 차분하게 자아와 세계를 조화시
키도록 기다릴 수 없었을 만큼 급박하고 위태롭게 흘러온 역사적 현
실의 반영이며, 오직 생존이 목표였던 시대에 생존을 위한 기제로서
의 가부장을 상실하고 이데올로기의 상징인 아버지에 대하여 침묵을
강요당했던 삶의 증언이다. 아버지의 부재는 분단과 함께 막대한 결
핍을 초래하고, 공동체적 이념이 상실된 세계에 남겨진 주인공은 절
반이 세계에 갇혀 성장을 제한받게 된다. 그 때문에 온전히 겪어낼
수 없었던 그 시절은 계속 반추되고 있는 것이다.

제6장
초월적 정신세계의 추구
: 박완서의 성장소설

박완서의 성장소설에는 특히 체험적 요소가 반영되어 있어 자전적 소설로서의 여부가 논란이 되기도 한다. 「나목」은 박수근 화백과의 인연 때문에 사실 여부에 관심이 모아졌으며, 「그 많던 싱아는 누가 다 먹었을까」는 주인공이 작가의 실명을 사용하는데다가, "있는 재료만을 가지고 거기 맞춰 집을 짓듯이 기억을 꾸미거나 다듬는 짓을 최대한 억제한 글짓기를 해 보았다."[126]는 작가의 고백이 있었던 터라 자전적 성장소설로서의 성격이 공인된다. 또한 김윤식은 작품해설을 통하여 "「그 많던 싱아……」란 엄마의 말뚝(4)이니까 이 시리즈와 분리시키면 '전혀' 무의미한 것"[127]이라고 지적하면서 「엄마의 말뚝」 (1), (2), (3) 연작 시리즈와의 연결성을 부각시킨다. 그런 만큼 이 작품은 작가에 의하여 끝없이 반복되면서도 다하지 못하는 성장 체험기다. 불과 서너 살의 나이에서부터 스무 살에 작가가 되리라는 예감으로 충만하기까지 이야기를 마치 증언하듯이 상세하게 서술하고 있다.

박완서의 성장소설들은 주인공이 여성 인물이고 어머니와의 관계 속에서 자신을 성숙시켜 간다는 점에서 여성성장소설로서의 성향을 두드러지게 보여준다. 김원일이 그랬듯이 작가의 체험적 요소를 반영하면서, 성장소설이 가질 수 있는 자전적 성격의 비중을 한층 확대시키는 계기를 마련하고 있다. 이 소설에 의하면 "박완서는 '그 많던 싱아는 누가 다 먹었을까?'라는 질문을 하지 않고는 배겨낼 수

---

126) 박완서, 「작가의 말」, 『그 많던 싱아는 누가 다 먹었을까』, 웅진출판, 1992.
127) 김윤식, 「기억과 묘사」, 『그 많던 싱아는 누가 다 먹었을까』, 웅진출판, 1992, 290쪽.

가 없었다. 누가 먹었나? 그것은 '싱아'로 상징되는 유토피아적 세계를 앗아간 어른들의 세계이며, 전쟁이며, 그리고 세월이다."128) 작가는 「나목」으로 문단에 데뷔한 이후 이십여 년의 세월을 거쳐 「그 많던 싱아는 누가 먹었을까」를 내놓았고, 이 작품은 다시 「나목」이 나오기 이십 년 전, 「나목」이 있게 되기까지 이십 년간의 성장의 궤적을 복원하고 있다.

1. 정체성 회복 및 삶에의 안주: 「나목」

박완서의 데뷔작이기도 한 「나목」은 작가의 실제 경험을 토대로 하여 쓰였음이 여러 경로를 통하여 밝혀진 상태다.129) 소설작품치고 경험이 녹아 있지 않는 작품이 거의 없을진대 특정 개인의 이름을 들어 논의되곤 하는 이 작품의 경험적 요소는 그런 중에도 간과할 수 없는 특징으로서 작용하고 있음이 분명하다. 「나목」을 다룬 많은 연구들이 그 점에 착안하여 경험적 요소와 허구적 요소를 대비하고 그 작품적 성과를 평가하는 등의 작업을 진행하기도 하였으며130), 작가 자신의 집필 동기를 염두에 두고 박수근 화백을 거명하는 등의 논의131)도 전개되었다. 그러나 본고에서는 이 작품의 자전적 성장소설 가능성을 전제로 할 뿐 그 경험적 요소에 관심을 두기보다는 주

---

128) 하응백, 『문학으로 가는 길』, 문학과지성사, 1996, 199쪽.
129) 박완서, 『박완서 문학앨범』, 1992.
130) 안광진, 「박완서 장편소설 연구」, 중앙대학교 석사학위논문, 1996.
   이홍진, 「박완서 초기장편소설 연구」, 계명대 석사학위논문, 1995.
131) 김윤식, 「박완서와 박수근……나목에 이르는 길」, 『낯선 신을 찾아서』, 일지사, 1988.

인공이면서 서술자인 이경을 중심으로 여성성장소설의 면모를 집중 탐구하고 작중 인물이 성장과정을 통하여 추구하고·성취해 나가는 지향점에 논의의 초점을 둔다.

「나목」은 전쟁 중에 어머니와 단둘만 남겨진 채 미군 PX의 초상화부에 근무하는 이경을 통하여 전쟁이 개인에게 끼친 영향과 상처 그리고 그것을 극복하면서 살아가려는 처절한 몸짓 등을 실감나게 형상화하고 있다. 전쟁에서 살아남았다는 죄책감, 어머니와의 애증, 탈출구의 모색 그리고 정착으로 이어지는 이 작품의 도정은 갓 스물의 처녀가 결혼이라는 관문을 통과하기까지 철저하게 가족이라는 이데올로기와 연결되어 있다. 전쟁에 임박하여 죽은 아버지에 대한 그리움과 원망, 폭격으로 죽은 두 오빠들에 대한 죄책감, 어머니와의 애증관계를 통하여 주인공은 자기 실종의 의미를 깨닫고 전쟁의 폐해로 인한 화목했던 한 가족의 해체를 여실히 보여준다. 그리고 마침내 어머니의 죽음과 함께 찾아내는 돌파구 즉 결혼이라는 새로운 가족에의 편입으로 귀결된다. 모든 고통의 근원이 가족과 관련되어 있으며 그 과정 속에서 끝없이 관념적인 모델로서의 가족을 희구한다.

가족 해체의 결정적 원인이 전쟁이라는 외부의 폭력에 있음에도 불구하고 완벽한 구성체로서의 가족에 대한 희구로 인하여 살아남은 가족들은 애증의 관계에 빠진다. 회복될 수 없는 상처 때문에 주인공과 어머니와의 관계는 끝내 수습되지 않으며, 결국 죽음을 통한 서로간의 해방이라는 단계를 거쳐 가족에의 집착이 해소된다. 그러나 주인공은 결혼을 통하여 다시 새로운 가족관계를 형성하고, 가족이데올로기를 향한 열망을 실현해 가는 일상적인 삶의 나태함에 회의하는 중년의 여성으로 변모해 간다.

전쟁이라는 거대한 폭력이 빚어낸 개인적 층위에서의 삶의 인식과정이라 하겠으나, 가족이데올로기를 숭상해 온 사회·문화적 관습에 의하여 가족의 문제는 결코 개인적 층위로만 볼 수 없는 보편성을 획득한다. 가족의 파손은 나아가 우리 사회 전체의 훼손으로 확대되며 국가적 층위의 상흔을 남긴다. 우리나라의 가족은 곧 축소된 국가로 인식되어 왔다. "한국 전통사회에서 가족은 논리적으로 개인과 국가라는 두 극단을 초월하여 사회구조의 최고 정점에 위치하고 있었다."132) 현대사회에 이르러 가족관이 변화하고 그 해체의 위기까지도 거론되고 있으나 사람들의 뇌리에 뿌리 깊이 박혀 있는 가족에 대한 의식구조는 오랜 시간이 지난 후에야 서서히 그 변모를 드러낼 수 있을 터이다.

「나목」은 전후의 상황 속에서 성장하는 한 여성 주인공의 체험과 그 행동양식을 통하여 역사적 환경과 사회적 관습으로서의 가족이데올로기, 그리고 한 개인의 삶이 서로 얽혀 빚어내는 불협화음과 그런 가운데 모색되는 성인으로의 발돋움을 섬세하게 피력하고 있다.

▷ 1단계 – 죄의식 및 죽음의 공포

「나목」의 여주인공 이경은 전쟁 직후 폭격으로 훼손된 고가(古家)에 어머니와 단둘이 살면서, 미군 PX 초상화부에 근무한다. 한국전쟁 직전에 아버지를 여의고, 전쟁 중 폭격으로 두 오빠를 잃었으며, 어머니와 함께 살고 있는 훼손된 고가는 오빠들의 처참한 죽음의 현장이다. 게다가 폭격으로 무너진 고가의 행랑채는 자신의 제안으로 선택된 피신처였기 때문에 그 현장을 목격한 이경은 살아 있다는 것에 죄의식을 느낀다.

「나목」에서 아버지의 죽음은 가정 파손의 시발점임에도 불구하고 앞에서 논의한 「무정」이나 「나」, 「노을」 등에서의 부권 상실과는 그

---

132) 장현섭, 「한국사회는 핵가족화하고 있는가」, 『한국 근현대가족의 재조명』, 문학과지성사, 1993, 43쪽.

비중에 있어 크게 다른 양상을 보인다. 즉, 부권 상실의 의미가 남은 가족들과의 단단한 유대관계를 기반으로 약화되어 있으며, 뒤이어 경험하는 오빠들의 죽음에 대한 충격 때문에 상대적으로 아버지의 죽음은 자연스럽게 받아들여지고 있다.

> 아버지의 죽음이 그다지 슬픈 일로 회상되지 않는 것은 이상한 일이다. 나는 아버지의 사랑을 거의 독차지하다시피 했고, 아버지의 죽음은 갑자기 왔는데도, 그의 죽음보다는 그 무렵에 겪은 대학 입시의 낙방이 한층 충격적인 것으로 회상된다. 물론 한 가장의 죽음과 한 계집애의 대학 낙방 따위는 비할 바가 아니지만, 아버지의 죽음은 오빠들과 더불어 겪을 수 있었고, 대학 낙방은 나만의 일이었기에 그렇게 회상되는지도 모르겠다.133)

부권 상실 후 편모슬하에서 겪어 나가는 애증의 관계는 「나목」의 경우 아버지의 죽음으로부터 비롯하지 않는다. 부권을 계승하고 대리할 수 있는 두 아들이 존재하였기 때문에 이 작품의 주인공은 대리부권으로서의 책임이나 모성의 집착으로부터 비교적 자유롭고, 경제적으로 안정된 가계의 형편상 부권 상실의 후유증은 이경에게 커다란 고통으로서 각인되지 않는다. 그런데 두 오빠의 죽음은 그 의미나 충격의 강도에 있어 아버지의 죽음과는 매우 다른 면모로 다가온다.

전쟁 중의 폭격이라는 살상무기에 의한 죽음이며, 두 사람이 동시에 처참하게 죽어 갔을 뿐 아니라, 그 장소를 제안한 장본인이 바로 주인공이라는 점 때문에 그 충격은 죄의식으로 작용한다. "그 싱싱한 젊음들이 어쩌면 저렇게 무참히 해체될 수 있을까?"(225쪽)라고 느끼는 주인공의 의식 속에는 전쟁의 가공할 만한 파괴성에 대한 공포와 젊음으로 상징되는 생명의 해체에 대한 분노가 집약되어 있다.

---

133) 박완서, 「나목」, 『박완서전집 10』, 세계사, 1995, 214쪽. 이하 본문 인용은 쪽수만 기입한다.

아버지의 죽음이 병으로 인한 자연사였기에, 또한 중년을 넘긴 그 나이 때문에 수월하게 받아들여진 것과는 달리 오빠들의 경우는 죽음의 불가해성으로 인하여 주인공에게 끔찍한 상처로 각인된다. 죽음이 그렇게 급습해 오는 것이라면 누구라도, 언제라도 그것과 맞부딪치리라는 두려움과 동시에 왜 하필 그들이, 왜 그들만이 그토록 처참하게 죽어갔는가에 대한 오열과도 같은 통탄이 서려 있다. 그리고 자신이 그들을 죽음의 자리로 몰아넣었다는 죄책감이 동반되면서 주인공의 내면세계는 혼란에 빠진다.

> 방바닥에 쌓인 흙덩이와 아스러진 기왓장 위에 어머니가 길게 정신을 잃고 쓰러져 있고 나는 휑하니 뚫어진 지붕의 커다란 구멍으로 마구 쏟아져 들어오는 달빛으로 처참한 광경을 또렷이 보았다.
> 검게 물든 호청, 군데군데 고여 있는 검붉은 선혈, 여기저기 흩어진 고깃덩이들. 어떤 부분은 아직도 삶에 집착하는지 꿈틀꿈틀 단말마의 경련을 일으키고 있었다.
> 그 싱싱한 젊음들이 어쩌면 저렇게 무참히 해체될 수 있을까?
> 나는 악을 쓰려 했으나 목이 꽉 막혀 아무런 음향도 이루지 못하고 거듭거듭 몸을 떨며 몸서리를 치며 황급히 도망치려 했으나 발이 휘청거렸다.
> 휘청거리는 발에 붉은 호청이 치근하고 감긴다 싶더니, 다시 내 시야를 온통 붉은 호청이 뒤덮었다.
> 나는 붉은 호청에 걸려 붉은 호청으로 온 몸을 감은 채 방바닥에 뒹굴며 차츰 정신을 잃었다.(225쪽)

죽음의 경험은 인간 존재의 탐구를 위한 하나의 관문이지만 자연스러운 죽음이 아닌 폭력에 의한 살상은 그 처참함으로 인하여 유족들에게 고통을 배가시킨다. 더구나 자신이 원인 제공자가 되었을 때 겪게 되는 가족의 죽음에 대한 고통은 엄청날 것이다. 자기의 제안으로 행랑채에 몸을 피한 두 오빠들이 한꺼번에 형체를 알아볼 수 없도록 무참히 살해된 현장을 목격함으로써 이경은 전쟁의 치명적인 상처의 굴레에서 벗어나지 못하게 된다. 살고 싶다는 생각과 죽고 싶다는 생각의 엇갈림 속에서 이중적인 삶의 자세를 드러내고, 죽음의 두려움으로부터 벗어나고 싶은 욕망과 동시에 자신을 파괴하고 함부로 내던짐으로써 살아 있다는 죄책감을 무마하고 싶은 충동에 빠진다. 그런데 주인공이 직면하는 상황은 죽음을 통한 자기 존재의 각성이라는 보편적 진실에의 접근으로 발전되기보다는 여성으로서의 정체감 훼손으로 이어진다. 충격 속에서 어머니가 흘린 말, "어쩌면 하늘도 무심하시지. 아들들은 몽땅 잡아가시고 계집애만 남겨놓으셨노."(230쪽)라는 한 마디에 회복할 수 없는 커다란 상처를 받는 것이다.

> 나는 휘청휘청 마당으로 내려섰다. 나무 밑은 노오란 융단을 깐 것처럼 알맞게 푹신했다. 나는 그 화려한 융단 위에 몸을 던졌다. <어쩌면 계집애만 남겨놓으셨노> 원성과도 같은, 주문과도 같은 끔찍한 소리가 귀에 쟁쟁하다.
> 「그만, 그만」
> 나는 고개를 정례절레 흔들고 또 흔들었다. 그러고도 모자라 몸을 뒹굴렸다. 우수수 금빛 조각들이 때로는 한 잎 두 잎 날고, 때로는 한꺼번에 쏟아져 왔다.(230쪽)

아버지 사망 후, 오빠들과 더 친밀했던 어머니의 사랑을 얻고 싶어 했으며, 오빠들을 잃고 난 후 어머니에게 동병상련의 애정을 기대했건만 계집애라는 존재를 확인하고 오열한다. 어머니의 입에서 새어나온 탄식 소리에 이경은 정체감의 손상을 입는다. 아버지의 딸로서, 오빠들의 동생으로서, 그리고 어머니의 딸로서의 정체감을 송두리째 훼손당한 채 방치된 계집애로서의 자신을 발견하는 것이다. 그것은 단순히 여성을 비하하는 표현으로서의 계집애를 넘어서 가부장의 전통에 충실해 온 우리의 가족구조 속에서 아들과 동등한 대우를 받을 수 없는 딸로서의 존재를 확인하는 과정이기도 하다. 오빠들의 죽음에 대한 죄책감과 유일한 생존 가족인 어머니로부터의 소외로, 주인공은 자신의 현재 상황에 혼돈을 느끼고 번민한다.

자신의 정체성을 새삼 확인하고 존재의 가치를 훼손한 스무 살의 주인공에게 불합리한 삶의 환경이 혼돈 그 자체임은 말할 나위도 없으며, 그러한 흔적은 이경의 삶의 태도에서 무수히 발견된다. 냉소적이면서 작위적인 언행으로 일관하면서 '죽고 싶다'는 생각과 다시 '살고 싶다'는 욕망 사이에서 번뇌한다.

> 죽고 싶다. 죽고 싶다. 그렇지만 은행나무는 너무도 곱게 물들었고 하늘은 어쩌면 저렇게 푸르고 이 마당의 공기는 샘물처럼 청량하기만 항한 것일까. 살고 싶다. 죽고 싶다. 살고 싶다. 죽고 싶다.
> 문득 전쟁이나 휩쓸었으면 좋겠다. 오빠들이 죽은 후에도 내 인생이 있다는 건 참을 수 있어도 내가 죽은 후에도 타인의 인생이 있다는 건 참을 수 없다. 다시 전쟁이 몰려왔으면. 지금의 나는 전쟁에 의하여 구제받을 수밖에 없지 않은가?(231쪽)

야속한 어머니에 대한 미움 때문에 죽고 싶다는 자기 파멸에의 의지를 느낀다. 그것은 "단일한 충동에서 먼 복합적이고 앰비벌런트한 것으로서 주인공은 이내 살고 싶다고 속으로 외친다."[134] 흉흉하게 변화된 도시의 밤거리를 두려워하면서도 그 길을 헤매고 다니는 데서 쾌감을 맛본다. 고통받음으로써 보상할 수 있다는 의식의 반영이다. 또한 미군 PX의 초상화부에 근무하는 화가들에 대하여 본심과는 달리 '환쟁이'라고 부르며 냉소적인 언행을 일삼는다.

> 그녀의 내면은 온통 들끓고 있으니, 타인에 대한 불신과 증오, 전쟁이 계속되어 자기 가족에게, 닥친 재난이 다른 사람에게도 공평하게 닥

---

134) 유종호, 「고단한 세월 속의 삶」, 『도둑맞은 가난, 나목』, 민음사, 1988, 377쪽.

칠 것을 바라는 악마적 저주, 죽고 싶다는 파괴적 충동과 <눈먼 악마>
인 전쟁의 손길을 벗어나 <새롭고 화안한> 삶을 누리고 싶다는 간절한
바람 등, 그녀의 내면은 온갖 욕망의 무질서한 폭주로 인해 심한 불균
형 상태에 놓여 있는 것이다.[135]

그런데 자학과 연민 사이를 오락가락하는 이경의 머릿속을 지배하
는 것은 사실상 그녀의 어머니라고 할 수 있다. 어머니의 충격적인
말과 태도로 인하여 이경의 삶은 자포자기의 심정과 훼손된 것들을
회복하고자 하는 집착 사이를 끝없이 오락가락하며 혼돈으로 점철된
다. 또한 "나는 나도 모르게 은행나무 밑에서 하루하루 어머니에 대
한 미움을 키우고 있었다."라든가 "어머니를 남들이 불쌍하게 여기
도록 해 줘야지. 자식이라고는 없는, 딸도 없는 불쌍한 여인으로 만
들어 주어야지."(231쪽)와 같은 원망의 표현들은 주인공이 얼마나 어
머니의 애정을 갈망하고 있었는지 어머니가 지울 수 없는 상처라는
일면을 가지고 있음에도 또한 얼마나 절대적인 존재로서 딸의 삶 속
에 자리 잡고 있었는지를 엿보게 한다.

「마당깊은 집」의 길남이 어머니의 지나친 간섭으로 원망에 가득
차 있다면, 이경은 숨막히는 철저한 무관심에 혐오를 느낀다. 결국
없어져 버림으로써 복수하겠다는 동종의 반응을 불러일으키지만 그
내면에는 어머니에게 애정을 확인하고 싶은 거부할 수 없는 본능이
도사리고 있는 것이다. 이경은 혼돈된 정서를 극복하기 위해 어머니
와의 관계 회복을 시도한다. 사실상 거의 모든 행동 속에 어머니와
의 관계를 고려한 계산이 깔려 있다. 아들들이 죽고 나자 모든 삶의
의지를 포기한 채 수명을 채워가고 있는 어머니의 무반응, 무관심으
로 일관된 모습에 진저리를 치면서 파문을 일으키고자 안간힘을 쓰
지만 끝내 아무런 성과를 얻지 못한다.

---

135) 정호웅, 「상처 치유의 두 가지 방식」, 『작가세계』, 1991년 봄.

▷ **2단계 - 파멸에의 유혹 및 돌파구 모색**

이 작품 속에서 어머니는 이경의 성장기를 지배하는 절대적인 존재로서 파손된 고가와 동일한 의미로 작용한다. 행랑채까지 갖춘 고가는 어머니의 지나간 삶이 풍요로웠음을 의미하며, 어머니는 전쟁 중에도 고가를 지키려고 피난지인 부산에서 서둘러 돌아온다. 자기 삶의 흔적을 고이 간직하려는 애착의 한 단면이면서 그 집을 지키듯이 자기 삶의 미래 또한 보장하려는 의지의 표출이다. 그러나 폭격으로 아들들이 피신해 있던 행랑채가 파손되고 아들의 시신이 처참하게 해체되는 끔찍한 사건 후 이 고가는 흉가로 변모된다. 폭격의 순간을 그대로 증언하고 있는 구멍 난 지붕의 행랑채를 그대로 방치한 채 그 상처를 매일매일 새삼스럽게 확인하는 소모적 삶을 이어간다. 어머니의 이렇듯 폐허와도 같은 삶이 갓 스물이 된 딸 이경에게 그대로 받아들여질 수 없음은 당연한 일이다. 고가 또한 이경에게는 그날의 상처를 확인하는 고통스러운 존재인데다가 고가가 주는 크고 웅장하면서도 파손되어 흉물스러운 이미지는 어머니의 존재와 결합되어 자신의 젊은 날을 억압하는 상징물로 작용한다.

옥희도의 출현은 냉소와 권태로 가득 찬 이경에게 호기심과 자극으로 다가온다. 그는 "경아의 모습을 생존의 차원에서 존재의 기반 위로 끌어올리는 새로운 상대"[136]로서 이경은 옥희도를 통하여 삶의 변화를 모색하며 그에게서 탈출구를 찾고자 열중한다. 옥희도가 다른 화가들과는 다르다고 여겨 관심을 보이고 곧장 자신이 옥희도를 사랑한다고 생각하기 시작하더니 그 생각에서 헤어나지 못한다.

　나는 이불을 푹 썼다.

---

136) 권영민, 「박완서와 도덕적 리얼리즘의 성과」, 『박완서 문학앨범』, 웅진 출판, 1992, 102쪽.

그래도 들리는 흉가를 흔드는 바람 소리. 행랑채의 뚫어진 지붕으로 휘몰아쳐 들어와 부서진 기왓장을 짓밟고, 조각난 서까래를 뒤적이고 보꾹의 진흙을 떨구고, 찢어져 늘어진 반자지와 거미줄을 흔들고, 먼지를 날리느라 마구 음산한 휘파람 소리를 내며 돌아다니는 바람은 이불 속에서 귀를 막아도 사정없이 고막을 흔들어 댔다.

나는 할 수 없이 옥희도 씨를 생각했다. 그리고 주문처럼 <그는 딴 사람과 다르다. 그는 딴 사람과 다르다>고 외었다. 나는 그런 되풀이를 통해 어쩌면 새로운 생활에의 노크를 시도하고 있는지도 모를 일이었다.(50쪽)

다분히 작위적인 이경의 행동에 대한 옥희도의 호의는 남녀 간의 순수한 애정이라기보다는 서로 지향점이 다른 일시적 동행의 관계다. 유부남인 옥희도의 예술적 열정과 가족으로부터 유리된 상처를 보상받고 싶은 이경의 욕망이 어우러져 한때 서로에게 위안처가 되기도 한다. "두 사람은 모두 폐허의 상황 속에서 진정한 인간이 되기를 원하며, 삶의 참다운 가치를 찾고자 한다. 멈춰버린 파괴의 시간을 붙잡고 자신을 위장하는 이경과 일상의 요구에 밀려 화가이기를 거부해야 했던 옥희도는 결국 서로 다른 인물이 아니라 동일한 존재"[137]로서 의미를 갖는다. 그러나 현실적으로 지향하는 바가 다른 두 사람의 관계는 시간이 지날수록 공허해져서 자연스러운 결별로 이어진다.

옥희도가 "일찍 아버지를 여읜 경아에게 아버지와 같은 사랑을 베풀었고, 때가 되었을 때, 경아를 성숙된 여인으로서 그의 품에서 떠나게 끔 했다. 또 그가 한 사람의 인간으로서뿐만 아니라 예술가로서 사막과도 같은 황량한 풍경 속에서 경아에게서 신기루와도 같은 싱싱한 생명력을 발견하고 그것에 의해 위안을 받아 인간과 삶에 대한 믿음을 잃지 않았다는 것은 다행스러운 일임에 분명하다"[138]

---

137) 권영민, 「박완서와 도덕적 리얼리즘의 성과」, 104쪽.

이경은 옥희도와의 거리를 뛰어넘을 수 없음에 안타까움을 느낀다. 예술가의 이상과 유부남이라는 현실적 제약이 이경에게는 걸림돌로 작용하고, 초월적인 사랑을 통해 돌파구를 찾으려던 이경의 계획은 실패한다. 옥희도에게서 이경은 아버지와 같은 편안한 느낌을 받는다. 아버지를 잃었을 때 슬픔으로부터 빠른 속도로 자연스레 놓여났듯이, 그와의 결별 또한 충격적인 고통이라기보다는 아릿한 아픔으로 남아 있다. 아버지로 대리되는 옥희도는 이경에게 있어 다정하고 사랑이 충만한 우호적인 존재였으며, 이제는 그저 야속한 원망의 대상일 뿐이다. 그래서 그 결별의 당위에 수긍하는 데 별 문제가 없었고, 오히려 향수를 간직하게 된다.

옥희도와의 사랑이 상처에 대한 치유의 모색이었다면, 조와의 만남은 파탄을 통한 상처 극복의 몸부림이다. 이경은 지극히 감상적인 자기 파괴의 충동에 따라 미군 병사 조와의 육체적 접촉을 시도한다. 초월적 세계를 동경하는 힘겨운 상대인 옥희도로부터 확인한 삶의 허울들을 벗겨내고 싶은 또 다른 욕망의 분출인 것이다. 그러나 두려움 때문에 현장을 박차고 나오는 등 스스로 갈피를 잡지 못한다.

> 나는 그를 통해 수많은 군더더기의 나를 벗기를 원하고 있었다. 때로는 나를 찢고, 때로는 내 뒤에 숨고 내 뜻과는 상관없이 제 나름으로 요변하는 여러 개의 나를 벗기기를 원하고 있었다.
>
> 조의 도움으로 나는 그럴 수 있으리라 믿었다. 그는 틀림없이 진짜 나를 보여줄 것이다. 그를 통해 나는 내 영육의 적나라한 모습을 보고 싶었다. 나는 무서워하지 않고 떳떳하게 이지러진 지붕을 대낮에도 볼 수 있었으면 싶었다. 똑바로 용마루를 꿰뚫은 구멍을 보고, 부서진 기왓장을 보고 싶었다. 미워하지 않고 어머니를 볼 수 있었으면 더욱 좋겠다.
>
> 조는 내 육신의 의상을 벗기고 나는 그를 통해 영혼의 남루를 벗기를 꾀하고 있었다.(206-207쪽)

---

138) 이태동, 「나목의 꿈」, 『나목』, 작가정신, 1993, 310쪽.

오빠들의 죽음을 보상하고 그 부담으로부터 벗어나고자 했던 조와의 만남은 오빠들의 죽음이 그랬듯이 기고만장했던 이경에게 죽음의 공포에 필적하는 상처만을 재확인시킨다. 자기 파괴를 향한 돌진은 막바지에 이르러 자신의 진짜 욕망을 깨달음으로써 급정거된다. 이경의 이러한 행동은 곧 "자기 파멸에의 욕망에서 비롯된 의사(疑似)－죽음의 경험과 자기 재생의 무의식적 실연이라는 의미"[139]를 지닌다. 죽고 싶다와 살고 싶다는 생각을 반복해 온 주인공이 '죽고 싶다'던 자기 파괴적 욕망의 실체를 확인함으로써 '살고 싶다'라는 진정한 자기 욕망을 발견해 가는 과정이다.

> "꺄악"
> 나는 다시 이 건물 구석구석까지 흔들릴 만큼 찢어질 듯한 비명을 질렀다.
> 나는 방금 내가 느끼고 잇는 위기를 어떤 말로도 표현할 수가 없었다. 나는 지금 당장 내 육신이 조에 이해 처참하게 망가질 것 같았다. 혁이 오빠와 욱이 오빠의 육신처럼 시트를 붉게 물들이며 참담하고 추악하게 조각날 것 같았다.
> 도망쳐야지, 도망쳐야지.(212쪽)

스스로가 찢기고 해체됨으로써 살아남았다는 죄책감을 보상하려던 계획은 수포로 돌아가고, 죽음에 대한 공포와 함께 생에의 강렬한 의지를 깨달은 이경은 마침내 집요하게 접근해 오던 황태수에게로 향한다. 이경의 철부지로서의 삶은 오빠들의 죽음으로 한 순간에 막을 내리고, 훼손된 여성으로서의 정체감을 회복하기 위한 노력은 어머니의 임종 때까지 별다른 성과를 얻지 못한다. 결국 주인공은 황태수와의 결혼으로, 한때는 거부하려고만 했던 상식적이고 완만한, 일상적인 삶의 궤도에 진입한다.

---

139) 김경수, 「여성성장소설의 제의적 국면」, 28쪽.

▷ 3단계 – 자아의 재건 및 성장

상치되는 욕망의 대립으로 이상과 현실의 편차를 예민하게 받아들이는 주인공에게 황태수 역시 그녀의 욕망을 충족시키기에는 만족스럽지 못한 면모를 드러낸다. "중요한 것은 경아의 내면에서 일어나고 있는 본능적인 욕구와 인간의식과의 치열한 갈등이다."140) 이경은 태수와의 결합을 한사코 거부해 왔다.

> 나는 호들갑스럽게 놀라는 척하며 속으로 태수가 좀 측은해졌다. 볼이 붉은 사내아이도 나쁠 것 없지만 그런 것을 얻기엔 너무도 긴 세월이 걸린다. 너무도 아득한 시간, 5년이나 10년쯤. 바로 산 너머쯤에 전쟁이 있는 이 살벌한 거리에서 5년이나 10년 후쯤을 꿈꾸다니 얼마나 미련한가 말이다.
> 나는 그렇게 천천히 살 수는 없는 것이다. 아주 상식적이고도 완만한 궤도로부터 과감히 탈선해서 지름길로 삶의 재미난 것을 재빠르게 핥으며 가야 하는 것이다.(81-82쪽)

태수는 살고 싶다는 본능을 자극하는 존재다. 주인공은 죽고 싶다고 외치고 있는 자신의 외적인 명분들과 상충되게 생에 대한 강렬한 욕구를 불러일으키는 태수를 의도적으로 회피해 왔다. 그러나 그녀는 옥희도의 가정을 통하여 자신의 무모한 욕망에 대한 좌절감을 맛보고 조와의 관계를 통하여 생에의 욕구를 확인함으로써 태수와 결혼하여 자연스럽게 새로운 가정에 편입된다.

이경의 안락한 중산층으로의 편입은 여성성장소설이 지니는 한계로 지적되기도 한다. "근본적으로 문제적인 세계로 상정되는 것이 문화적 이데올로기로서의 가부장제라는 점에서 피치 못할 결구"141)

---

140) 이태동, 「나목의 꿈」, 293쪽.
141) 김경수, 「여성성장소설의 제의적 국면」, 35쪽.

였다는 것이다. 이경의 새로운 세계로의 입문이 정체성의 확립이나 새로운 자아의 획득에 이르지 못하고 세속적인 생활에의 안주에 머물고 만다는 점에서 가부장적 가족이데올로기의 모순을 그대로 반영하고 있다고 본다. 그러나 이경의 결혼을 통한 가족의 재건은 상처를 딛고 새로운 가족관계를 구성함으로써 자아를 회복하려는 성장의 결과로서 파악될 수 있다.

가족이란 혈족을 이룬다는 그 특성상 구성 단계에서부터 완벽한 조화를 이루기가 어렵다. 그러나 관념으로서의 가족이데올로기란 늘 완벽한 구도를 상정하기 마련이어서 환상을 동반한다. 두 배우자의 결합에서부터 자녀의 구성, 보전, 가계 계승에 이르기까지 완벽하고 이상적인 상태를 유지한다는 것은 불가능에 가깝다. 그럼에도 "가족의 정형에서 벗어난 방향의 가족이 있다면 이는 비정상적이며 '문제'가 있다"[142]고 평가한다. 고비 고비마다의 위기에서 손상을 입기도 하고 뜻밖의 사태로 해체되거나 반목, 질시의 상황이 유발되기도 하지만, 가족이데올로기에 집착하는 구성원들의 완벽에의 욕망에 따라 가족관계는 늘 위기를 겪게 된다. 더욱이 어느 한쪽이 결핍되는 경우 그 좌절감이나 손상은 극심한 후유증을 낳는다. '애비 없는 집 자식'이라든가 '계집애만 남겨놓으셨노'와 같이 결손에 대한 책임이 남은 가족구성원 전체에 부과되어 결핍으로 인한 고통을 어느 만큼씩 분담해야 한다. 전쟁과 같은 무차별적 폭력 앞에서 가족 수호하기의 어려움이란 말로 다하기 어렵다. 그러나 철저하게 타의에 의하여 입은 외상임에도 불구하고 그림자를 남은 가족에게 투사한다. 그러므로 이경이 가족의 완전한 해체를 경험하고도 태수라는 세속적인 인물과 가정을 이루고 안주함은 무참히 손상된 자존을 회복하고 새로운 이데올로기를 형성해 가려는 족적으로 이해해야 마땅할 것이다.

---

142) 김흥주, 「한국 가족 문제의 특징」, 『한국 근현대 가족의 재조명』, 문학과지성사, 1993, 173쪽.

주인공은 어머니를 싫어하고 거부하면서도 어머니에게 자신이 어떤 의미가 되는지 궁금해 하고, 어머니를 향한 갈망 때문에 어머니에게 상처를 내고 싶은 욕망을 떨치지 못한다. 경멸의 태도로 일관하면서도 그 애정을 향한 집요한 몸부림을 지속한다. 아버지의 죽음으로부터 시작된 가족의 파손은 오빠들의 죽음으로 가속화되고, 어머니에 대한 절망은 주인공에게 새로운 돌파구의 모색을 추궁함으로써 아버지로 대리되는 옥희도와의 사랑, 오빠들의 죽음에 필적하는 파괴 행위로서의 조와의 관계를 시도하도록 만든다.

결국 모든 것에 실패한 이경은 어머니의 죽음 이후 태수와 결합함으로써 집착으로부터 자유로워진다. 그것은 바로 이경의 내면에 항시 존재해 왔던 살고 싶다는 욕망의 실현이며, 훼손되고 억눌렸던 자아의 회복이다. 그러므로 이경의 행보는 어머니 세대의 가족이데올로기 답보와는 차별되는 개성화의 과정으로 평가할 수 있다.

> 생각해 보면 고가의 해체는 행랑채에 구멍이 뚫린 날부터 이미 시작된 것이었고 한번 시작된 해체는 누구에 의해서고 막음을 보아야 할 것이 아닌가.
> 다시는, 다시는 아침 햇살 속에 기왓골이 서리를 이고 서 있는 숙연한 고가를 볼 수 없다니.
> 그러나 나는 나 자신의 육신이 해체되는 듯한 아픔을 의연히 견디었다. 실상 나는 고가의 해체에 곁들여 나 자신의 해체를 시도하고 있었는지도 모를 일이었다.(281쪽)

주인공의 세계는 태수에 의하여 재건된다. 그러나 지극히 세속적이고 상식적인 삶으로 간주되는 태수의 세계는 일상적 안위로 인하여 주인공에게 옥희도가 간직하고 있던 의연한 정신세계에 대한 향수를 지니게 만든다. 아버지가 살아서 보여줬어야 할 가치의 세계를 상실하고 세속적인 욕망과 삶의 법칙으로 지배되는 어머니의 세계에 함몰되어 균형을 상실한 주인공은, 다시 세속적인 현실 속에서 여성으로서의 삶을 회복함으로써 어머니로부터 훼손한 정체감을 위로 받게 된다. 그러나 여성으로서의 자아 획득이나 의식의 저변 확대라는 이상적인 국면에 이르지는 못한다. 역사와 시대적 제약으로부터 자유롭지 못한 가족사의 한 단면을 여실히 보여줌으로써 한 가족에게 드리워진 역사의 그림자가 개개인의 삶의 향방을 어떻게 어지럽히는지 확인시켜 준다.

한편 "부성(父性) 또는 남성의 상실이라는 충격을 그대로 재현하고 있는 어머니의 존재는 전쟁의 상처라는 표면적인 의미만이 아니라 내면의식의 위축상태를 상징함으로써 민족분단의 비극성까지도 내포하고"[143) 있다는 점에서 그 의의가 확대된다. 죽음의 공포로부터 시작된 사춘기 소녀의 정신적 외상은 십여 년의 세월이 흐른 시점에서 마주하게 된, 옥희도라는 화가의 유작을 통해 순화되기에 이르고, 주인공은 비로소 안정된 결혼생활의 의미와 지난날의 자기 존재를 새롭게 발견하고 실질적인 의미의 성장에 도달하게 된다.

> 내가 지난날, 어두운 단칸방에서 본 한발 속의 고목(枯木), 그러나 지금의 나에겐 웬일인지 그게 고목이 아니라 나목이었다. 그것은 비슷하면서도 달랐다. (중략)
> 나는 홀연히 옥희도 씨가 바로 저 나목이었음을 안다. 그가 불우했던 시절, 온 민족이 암담했던 시절, 그 시절을 그는 바로 저 김장철의 나목처럼 살았음을 나는 알고 있다.
> 나는 또한 내가 그 나목 곁을 잠깐 스쳐간 여인이었을 뿐임을, 부질없이 피곤한 심신을 달랠 녹음을 기대하며 그 옆을 서성댄 철없는 여인이었을 뿐임을 깨닫는다.(284-285쪽)

옥희도의 그림에서 드러난 고목 또는 나목이 "겉으로 보기에는 죽

---

143) 권영민, 「박완서와 도덕적 리얼리즘의 성과」, 105쪽.

어 가는 듯하지만, 내면적으로는 작품 전체를 통해서 눈으로 보이는
어떤 것 못지않게 강렬하고 집요하게 숨 쉬고 있다"[144])는 사실을 확
인하는 장면이다. 고단한 시대, 척박한 삶으로부터 탄생된 화가의 역
작 속에 자신의 존재가 그저 곁을 스쳐 지나가는 여인으로 묘사되고
있음을 깨닫고 비로소 자기 정체의 확인에 도달하는 것이다. 삶과
죽음의 기로에서 내일을 기약할 수 없는 불안한 심정으로 몸부림치
던 시절의 기억은 중년의 문턱에 선 주인공에게 새롭게 환기되고,
그녀는 훼손된 세계에의 동화를 거부하며 반항하던 자기 존재의 왜
소함을 자각한다. 그러나 자신의 초라함과는 상대적으로 원초적 삶
에의 생명력을 담지하고 있는 나목을 발견함으로써 주인공은 훼손된
세계에서 추구해야 한 진정한 가치와 그러한 가치에의 지향이 발휘
하는 위력을 감지해 낸다.

2. 혼돈된 세상과의 힘겨루기
: 「그 많던 싱아는 누가 다 먹었을까」

1992년 발표된 이 작품에는 "소설로 그린 자화상-유년의 기억"이
란 부제가 달려 있다. 작가의 말을 통하여 박완서는 "화가가 자화상
한두 장쯤 그려보고 싶은 심정 정도로 썼다."고 술회하면서, "쓰다
보니까 소설이나 수필 속에서 한두 번씩 울거 먹지 않은 경험이 거
의 없었다."고 고백한다.
　소설작품과 경험적 요소와는 불가분의 관계인 것처럼 인식되어 왔

---

144) 이태동, 「나목의 꿈」, 292쪽.

으며, 작품 속에서 그 경험적 요소는 사실과 진실이라는 이름으로 관심의 초점이 되기도 하였다. 더구나 자화상을 그리듯이 쓴 성장소설이라면 대부분의 내용이 사실 또는 그 기억에 의존한 것임은 말할 나위도 없다. 성장소설의 의미규정이나 범위확정에 있어 사실적 요소 또는 경험적 요소에 대한 평가는 회의적일 수도 있으나, 한국 성장소설의 현실을 감안할 때 자화상을 그린 듯한 성장소설에 대한 시각과 자세는 이제금 새로운 점검을 요한다.

이 책은 이 작품의 자전적 성격에 치중하기보다 작가의 창작의도를 감안하면서 성장소설로서의 의의를 천착하는 데 초점을 둔다. 이 작품에서 작가는 철저하게 회고적 시점을 고수한다. 서너 살 때부터 시작되어 스무 살이 되기까지의 기억을 바탕으로 비록 '나'라는 일인칭을 사용하고 '박완서'라는 작가의 실명을 사용하고 있지만 전체적으로는 중년을 넘긴 화자가 지난날을 기억해 내고 바라보며 그 모습에 의미를 부여하는 태도를 견지한다.

> 뼛속까지 다 빼주다시피 힘들게 쓴 데 대해서는 아쉬운 것 투성이지만 40년대에서 50년대로 들어서기까지의 사회상, 풍속, 인심 등은 자료로서 정형화된 것보다 자상하고 진실된 인간적인 증언을 하고자 내 나름으로는 최선을 다했다.[145]

작가가 언급하고 있듯이 이 작품은 사실성에 토대를 두고 있으며 그 사실성을 뒷받침하는 것은 작가의 기억력과 묘사력이다. "작가가 보낸 유년시절이란 그야말로 가공되지 않은 원료에 지나지 않는다. 그것이 아름다운 보다 중요한 이유는, 작가의 남다른 심미적 가치와 감수성에 포착된 것"[146]이기 때문이다. 자신의 모습을 재현한다는

---

145) 박완서, 「작가의 말」, 『그 많던 싱아는 누가 다 먹었을까』, 웅진출판, 1992.
146) 이남호, 「그때 거기 있었던 아픔과 아름다움에 대하여」, 『이 정말 거기 있었을까』, 웅진출판, 1995, 311쪽.

것은 용이한 일이 아니다. 어린 날에는 자기 모습을 객관적으로 인식하는 것이 불가능한데다가, 바로 그 시간과 공간 속에서의 자신을 재생하여 그 인식의 수준이나 형편까지도 가늠한다는 것은 지난한 일이 아닐 수 없다. 하물며 자신의 기억 속에만 존재하는 것을 죄다 꺼내어 오롯한 형체를 가진 살아 있는 형상으로 조직해 내는 작업이 누구에게나 가능한 것은 아니다. 우리가 자전적 성장소설을 논의함에 있어 주목해야 할 점은 이런 대목이다.

▷ 1단계-대가족 이탈 및 도시 체험

황해도 개성 근처의 박적골에서부터 시작되는 「그 많던 싱아는 누가 다 먹었을까」에는 그곳에서 유년기를 보내고, 여덟 살이 되어 서울로 이주하기까지 한 소녀의 성장 체험이 사실적으로 묘사되어 있다. 고향인 박적골은 "아버지를 여의고 할아버지의 귀여움 속에 자라나는 한 여자아이의 유토피아, 아니 작가 박완서의 영원한 유토피아적 공간"[147]이다. 그곳으로부터 격리됨으로써 주인공은 안온했던 삶의 모순을 발견하고 혼돈을 느끼며, 비로소 세계 속에서 자기 존재에 눈뜨게 된다. 그것은 마치 어머니의 품으로부터 떨어져 나와 통과의례의 장으로 이접되는 것과 같은 의미를 지니는데, 이 작품에서의 주인공의 격리는 어머니와 동행하는 공간적 이동이라는 점에서 독자성을 가진다.

고향을 떠나는 것은 대가족으로부터의 이탈이라는 외형적인 분리일 뿐만 아니라 정서적인 차이를 동반하는 새로운 세계로의 진입을 뜻한다. 어머니의 의지에 따라 강제로 실행된 도시 입성은 출발에서

---

147) 하응백, 「한국 자전 소설의 계보학을 위하여」, 『문학으로 가는 길』, 문학과지성사, 1996, 197쪽.

부터 주인공에게 박탈감과 거부감을 심어 준다. 그래서 주인공의 마음속에는 늘 원초적 공간으로서의 박적골이 중심을 이루고 있으며, 세계를 이해하고 평가하는 기준으로 자리 잡고 있는 것이다.

> 나는 불현듯 싱아 생각이 났다. 우리 시골에선 싱아도 달개비만큼이나 흔한 풀이었다. 산기슭이나 길가 아무 데나 있었다. 그 줄기에는 마디가 있고, 찔레꽃 필 무렵 줄기가 가장 살이 오르고 연했다. 그 발그스름한 줄기를 꺾어서 겉껍질을 길이로 벗겨 내고 속살을 먹으면 새콤달콤했다. 입안에 군침이 돌게 신맛이, 아카시아 꽃으로 상한 비위를 가라앉히는 데도 그만일 것 같았다.
> 나는 마치 성난 몸에 붙일 약초를 찾는 짐승처럼 조급하고도 간절하게 산속을 찾아 헤맸지만 싱아는 한 포기도 없었다. 그 많던 싱아는 누가 다 먹었을까? 나는 하늘이 노래질 때까지 헛구역질을 하느라 그것과 우리 고향 뒷동산을 헷갈리고 있었다.[148]

주인공은 고향에 대한 그리움과 도시생활의 부자연스러움이 만들어내는 불협화음을 통증으로 느낀다. "실제로는 박적골의 삶의 공간 속에도 많은 비인간적인 요소들이나 모순과 고통이 있었을 것이다. 그러나 박완서의 회상 속에서 박적골의 삶은 우리가 언제 어디서든지 지향해야 할 가치와 아름다움의 뿌리를 보여준다. 박완서는 소설 속에서 그 가치와 아름다움을 '그 많던 싱아'로 상징화한다."[149] 주인공은 안온했던 삶의 뿌리로부터 떨어져 나와 도시생활에 적응하기 위해 스스로를 소외시키고 대상을 응시하는 자세를 견지하게 된다. 서울 현저동이라는 곳에서 어머니의 지도로 시작되는 '서울서 사는 법도'(50쪽) 익히기를 통하여, 주인공은 박적골에서 지내온 삶과 눈

---

148) 박완서, 『그 많던 싱아는 누가 다 먹었을까』, 웅진출판, 1992, 77쪽. 이하 본문 인용은 쪽수만 기입한다.
149) 이남호, 「그때 거기 있었던 아픔과 아름다움에 대하여」, 311쪽.

앞에 펼쳐지는 현재의 삶을 일정한 거리를 유지하면서 객관적으로 조망해 간다.

박적골을 떠나기까지 주인공에게 세상은 양반과 상것으로 양분되어 있었다. 그것은 할아버지의 양반 노릇을 근거로 한 단순한 구별방법이다. 동네 사람들이 할아버지의 양반 노릇을 어떻게 평가했는지는 알 수 없으나 두 양반 집과 열여섯 또는 일곱 집의 양반 아닌 집이 모여 살았다고 기억한다. 지주와 소작인의 구별도, 부자와 가난뱅이가 따로 있다는 것도 알지 못했던 만큼 집안이나 이웃에서 경제적 궁핍을 느껴보지 못했음을 알 수 있다. 할아버지로부터 비롯되는 양반의식은 식솔들에게 상것과는 구분되는 삶을 요구하고 행동에 어느 정도 제약을 가하는 것으로 구체화된다. 여자들에게 송도 나들이나 들일을 시키지 않고, 어린 주인공이 싸돌아다니는 것에도 질색하는 등 양반으로서의 품위를 고려한 행동의 통제를 받는다.

그런데 양반 / 상것으로 구분되는 이분법적 사고구도는 할아버지의 동풍으로 무력해진다. 장차 집안을 일으킬 장손의 출세만을 꿈꾸고 있는 할아버지의 기대는 어머니가 오빠를 서울의 상업학교에 진학시킴으로써 좌절되고, 대가족은 서울 / 시골이라는 새로운 사고방식에 의하여 두 동강이 난 것이다. 송도에서 육 년제 초등 교육과정을 마쳤으니 고학력인데다가, 집안 형편으로 보나 장손에 대한 기대로 보나 집안의 대를 이어 선영을 지키도록 훈도하고 일찍 장가들이는 것이 할아버지의 바람이었으나, 시골 양반의 범주에 드는 것으로 만족할 수 없는 어머니의 의지에 따라 분가한 주인공의 가족은 서울사람으로의 전환을 시작한다.

어머니의 세상 인식은 무지몽매를 기준으로 한 서울 / 시골의 이분법이다. 할아버지의 양반 / 상것 가르기가 뼈다귀에 기준을 둔 것이었다면 어머니의 서울 / 시골 구분에 기준이 되는 것은 교육의 정도라고 할 수 있다. 시골사람들의 무지 때문에 남편을 잃고 난 뒤, 자식들만이라도 서울로 **빼내어** 신식 교육을 시키려는 어머니의 의지와 결행을 아무도 막을 수 없었고, 이어지는 숙부의 서울행으로 서울/시골 이분 구도는 이들 대가족에게 어길 수 없는 확고한 기준으로 자리 잡는다.

▷ 2단계─전쟁과 이분법적 논리의 모순 체험

할아버지로 상징되는 구시대적 가치관과 유교적 덕목은 어머니에 의해 새로운 전환의 계기를 맞이한다. 거역할 수 없는 존재로서의 권위와 전통적 관습으로서의 가부장권이 시대의 뒤편으로 물러나고, 현실적 능력으로서의 모권이 득세하는 과정이다. 핵가족으로의 분화 는 경제적 자립에 근거하는 것으로서, 시골 본가의 경제적 도움을 받지 못한 서울 살기, 서울사람 되기의 고난과 시련은 어머니를 중심으로 한 가족의 어깨 위에 고스란히 내려앉는다.

양반/상것의 구도가 서울/시골의 구도로 자연스럽게 대체될 수 있었다면 별 문제없이 양반으로서의 우월감을 연장해 갈 수 있었겠지만, 도시에서의 생활은 시골에서의 풍요롭던 환경과는 비교도 안 되게 각박한데다가, 경제적 능력으로 상하를 구분하는 또 다른 가치 기준이 적용되고 있었다. 양반으로서의 자존심을 가진 어머니와 어린 자식들에게 서울의 하층민 생활은 힘겨운 노릇이 아닐 수 없으며, 현실과 의식 사이의 괴리 때문에 모순된 태도를 드러낸다.

> "너는 근지(根地) 있는 집 자식이다. 본데없이 자란 이 동네 아이들 하고 어울려 봤댔자 못된 물만 든다. 나가 놀지 마라."
> 엄마는 기생바느질이나 하면서도 근지만 따졌다. 근지가 뭔지 잘은 모르지만 신여성보다는 쉬웠다. 시골에서 행세깨나 하는 집안, 체면 존중하면서 살아온 우리 집안의 생활방식을 말한다는 걸 대강 눈치 챌

수 있었다. 나도 내가 살던 방식이 그리웠고, 내가 이 동네 아이들하고
는 다르다는 느낌 때문에 그 뜻이 알기 쉬웠는지도 모른다. 그러나 엄
마는 왜 저럴까? 하고, 자기가 하는 일은 무조건 옳다고 믿는 엄마를
은근히 한심하게 여길 꼬투리가 되기도 하였다.(61쪽)

어머니가 다시 문안 / 문밖으로 구분되는 도시 삶의 현실적 상황을
빨리 이해하고 용의주도하게 대처해 나가는 반면, 어린 주인공인 나
는 도무지 잘 이해가 안 되는 상태에서 어리둥절한 채 몸으로 서울
생활의 적응방법을 터득해 나간다. 나는 어머니의 실리와 타산에 젖
은 생활방식을 경멸하고 그녀의 이중적인 태도를 비웃으면서 한편에
는 시골집과 거기서 보낸 유년시절에의 향수를 간직한 채 서울에서
의 삶, 특히 문밖에서의 생활에 대한 나름대로의 이해와 접근을 모
색한다. 기생의 삯바느질로 호구지책을 삼으면서도 양반의식에 젖어
주위 사람들을 멸시하고, 문안의 생활을 동경하여 딸을 주소지까지
옮겨 학교에 보내면서 시골에 대하여는 서울사람 행세를 하는 어머
니를 보며 주인공은 나름대로의 비판적 안목을 형성해 간다. 그러면
서 서서히 서울사람으로 성장해 가고 있는 것이다.

> 엄마와 「나」는 이 대처와 박적골 사이, 안과 밖의 사이에서 혼란과
> 모순의 입사식을 치르게 된다. 여전히 문밖사람이라는 열등감, 조바심
> 과 함께 그 문밖의 이웃들을 상종 못할 상것들로 취급하는, 엄마의 도
> 시적인 것에 대한 맹종과 경멸의 모순적 감정은 점점 「나」에게로 전이
> 된다. 엄마와 「나」는 현저동에서는 박적골의 근거를 자랑으로 여기면서
> 그리고 박적골에 가서는 대처 물먹은 티를 내면서, 어느 쪽에도 완전하
> 게 속하지 못한 데서 오는 조바심을 자긍심으로 감추어 온다.[150]

---

150) 황도경, 「정체성 확인의 글쓰기」, 『페미니즘과 문학비평』, 고려원, 1994,
    143쪽.

　문밖에서의 삶은 양반으로서의 자존심에 상처를 입히고, 그것은 곧 시골에서의 '두 집 양반'과 열여섯, 일곱 집의 양반 아닌 사람들 때와 마찬가지로 문밖에 속하는 현저동 주위의 모든 집들이 다 상것이요, 자기들만이 양반이라는 의식으로 합리화된다. 그 때문에 주인공은 주위 사람들로부터 격리된 생활을 강요당한다. 놀아서는 안 되는 것은 물론 말도 하지 말라는 어머니의 주문으로 주인공은 혼자 지내는 일에 익숙해진다. 앞에 나서서 뭔가를 도모하는 일을 꺼리고 혼자 생각하기를 즐기는 주인공에게, 우연히 친구를 통하여 알게 된 도서관은 혼자서 시간을 보내기에 안성맞춤인 장소로서 책에 대한 관심을 불러일으킨다. 이를 계기로 주인공은 문학소녀로의 꿈에 젖어들게 된다. 마침 바느질 등 구시대의 여성들에게 의무처럼 주어지던 가사노동에 의미를 두지 않고 지식을 통한 신여성을 희구하는 어머니의 소망과도 부합되어, 주인공의 서울 생활은 책과의 깊은 인연으로 발전되어 간다.

　　감수성과 기억력이 함께 완성할 때 입력된 것들이 개인의 정신사에 미치는 영향이 이렇듯 결정적이라는 걸 생각할 때, 나의 그런 시기의 문화적 환경이 가정적으로나 사회적으로 너무도 척박했었다는 게 여간 억울하지가 않다. 그러나 한편 우리가 밑바닥 가난 속에서도 드물게 사랑과 이성이 조화된 환경을 유지할 수 있었던 것은 엄마 덕이었다고 깊이 감사하는 마음이 생긴 것은 강경애의 소설을 읽고 나서였다.(181-182쪽)

　박완서의 소설들 속에는 "유년시절의 내가, 부권이 부재한 가족의 실질적인 가장인 어머니의 강인함에 대하여 느끼게 되는 이질감과 적대감, 그리고 점차 그 어머니의 고단한 삶을 이해하고 어머니와의 공생적 유대감을 확인해 가는 일련의 과정"[151]이 그려지고 있다. 어

---

151) 오세은, 「박완서 소설 속의 '어머니와 딸' 모티프」, 『한국 여성문학 비평론』, 개문사, 1995, 239쪽.

머니에 대한 주인공의 시각은 어머니의 이중성에 대한 경멸로부터 감사에 이르기까지 시시때때로 굴곡 심한 변화를 겪게 되지만, 어머니라는 존재의 영향력만큼은 절대적이라고 할 수 있다.

어머니는 도시의 문명 속에서 주인공을 '신여성'으로 키움으로써 여성에 대한 봉건적 가치관에 도전한다. 먼저 박적골에서 서울로의 공간 이동은, "제멋대로 방목되었던 어린 계집애에서 신여성이라는 새로운 삶으로 뿌리내리는 하나의 입사식"152)으로서의 의미를 지닌다. 어머니의 도시행 결단을 통하여 주인공은 신여성으로서의 교육적·문화적 혜택을 누리게 되며, 아들과 구별을 두지 않는 어머니의 신여성적 사고 때문에 책과의 긴밀한 유대도 가능해진다. 그것을 기반으로 성장하는 주인공 나는, "현실세계와의 싸움에서 패배의식을 보이거나 혹은 그것으로부터 자기 자신을 소외시키는 경향을 조금도 보이지 않고, 오히려 현실에 깊이 천착해서, 그 속에 살고 있는 사람들과 고통을 함께 하려는 의욕을 강하게"153) 나타낸다. 그리고 그러한 자세는 곧 세계를 응시하고 증언하려는 욕구로 이어져 작가의 길을 예감하는 비전으로 드러난다.

일제말기의 혼돈 속에서도 어머니는 집을 장만하고 서울사람으로서의 터전을 잡아간다. 곧이어 해방을 맞이하고, 해방기의 혼란상이 학교생활에 반영되기 시작한다. 대한민국정부 수립으로 좌익 / 우익이라는 새로운 대결구도가 가시화되고 이제 막 서울사람이 된, 그것도 문안에 제집을 갖고 정착한 어머니와 주인공의 삶에 커다란 변수로 등장한다.

> 나는 그때 그 혼란을 좌익과 우익, 진보와 반동의 대립이라는 이념적 관점으로 바라보고 이해하려 들었고, 내가 박수를 치고 역성들어 줘야

---

152) 황도경, 「정체성 확인의 글쓰기」, 140쪽.
153) 이태동, 「성장소설과 리얼리즘」, 『소설과 사상』, 1993년 여름, 358쪽.

할 편은 좌익이라는 생각에 망설임이 없었다. 그저 말끝마다 절대지지
아니면 결사반대가 붙은 당시의 말버릇에서도 짐작할 수 있듯이 너나없
이 어느 한쪽 이념에 붙지 않으면 불안한 해방 후의 사회상 탓도 있지만
그중에도 하필 좌익이었다는 건 오빠의 영향이 결정적이었다.(197쪽)

양반 / 상것의 구분이 신분에 의한 세습적인 것이고, 서울 / 시골 그리
고 문안 / 문밖이라는 구분이 교육과 경제논리를 따라 이동이 가능한 것
이었다면, 좌익 / 우익의 대립은 이데올로기에 토대를 두는 것으로서 자
유로운 선택이 가능하지만 일단 어느 쪽에 속하고 나면 다른 한쪽에
의하여 배척을 받는다는 제약을 갖는다. 좌익 / 우익의 구분이 자연스럽
게 서울을 어느 한쪽에 무조건 편입시켰으면 별 문제가 없었겠으나, 인
민군 치하와 서울 수복 또 이어진 남쪽으로의 피난이라는 소용돌이에
휘말려 일가족은 소속을 문제 삼는 집단에 의하여 고난을 치른다.

그때 나는 정말로 더럽고 치사했다. 나는 바뀐 세상에 대해 숙부처
럼 바람 부는 대로 살지, 정도가 아니라 좀 더 적극적이고 희망적이었
다. 그리고 그 희망은 오빠의 투쟁경력과 까마득히 잊고 지내던 나의
일시적 동조를 상기함으로써 더욱 생생해졌다. 나는 오빠의 투쟁경력에
대해서만 생각했고 엄마는 그의 전향에 대해서만 생각했다. 그리고 엄
마가 두려워하는 것은 전향에 대한 보복이 아니라 전향에서 또 한 번
전향하게 될지도 모르는 사태였다.(236-237쪽)

시골에서 서울사람으로의 전이와는 달리 좌익 / 우익의 세력 다툼
은 자신의 정체성을 밝혀야 한다는 구속력으로 억압해 왔으며, 전향
이라는 방향 전환 역시 간단한 문제가 아니었다. 시골 양반으로서의
자부심을 유지하고 있던 주인공의 가족에게 전향은 지조를 꺾는 일
이며, 스스로 자신의 정체를 규정하지 못하여 모순에 빠지게 되는
위기상황이었던 것이다.

▷ 3단계 – 증언자로서의 작가적 책무 자각

오빠가 인민군에 끌려가 돌아오지 않자 어머니는 "너라도 좋은 세상 살아야지"라는 소리를 되풀이하며 딸의 피난을 준비한다. 양반의 식을 지니고 살면서 신여성을 희구한 어머니는 위기의 상황에서 아들과 운명을 같이하려고 할 뿐, 딸에 대하여는 분리된 존재로서의 의식을 보인다. 편모슬하에서 자란 인물들이 어머니와의 사이에서 형성하게 되는 애증의 관계는 어머니와 아들과의 관계에서 훨씬 더 큰 비중으로 드러나며, 「나목」에서 보였던 모녀의 애증관계는 아들이라는 집착 대상을 상실한 데 따른 결과라고 판단할 수 있다.

「그 많던 싱아는 누가 다 먹었을까」에서 주인공은 어머니에 대한 비판적 시각을 가지면서도 긍정적인 수용, 더 나아가 어느 정도의 동화를 보여준다. 그것은 어머니가 아들과 딸에 대한 차별을 지양한 데다가 여성의 삶에 대한 확고한 전망을 가지고 있었기 때문이다. 그러므로 주인공의 서울입성이라는 환경 변화에 따른 유년기의 정체감 훼손은 충격이나 혼돈으로 작용하기보다는 시골과 도시의 삶에 대한 대비적 사고와 적응을 통해 자연스러운 내적 성장으로 이어진다. 그러나 좌우익의 대립과 전쟁으로 세가 역전되는 가운데 주인공은 소속을 문제 삼는 세력에 의해 모진 고초를 겪는다.

> 나는 밤마다 벌레가 됐던 시간들을 내 기억 속에서 지우려고 고개를 미친 듯이 흔들며 몸부림쳤다. 그러다가도 문득 그들이 나를 벌레로 기억하는데 나만 기억상실증에 걸린다면 그야말로 정말 벌레가 되는 일이 아닐까 하는 공포감 때문에 어떡하든지 망각을 물리쳐야 한다는 정신이 들곤 했다.
> 그럼에도 불구하고 잊어버린 부분이 더 많다고 생각한다. 여러 군데서 개별적으로 당한 일들이 한 묶음으로 단순화돼 남아 있고, 구체적인 사건들을 추상적으로밖에 생각해 낼 수가 없다. 그건 몸으로 벌레처럼

기었을 뿐 아니라 정신적으로도 폭력에 굴복 당했다는 증거겠지만 어쩌랴, 그렇게 생겨먹은 게 보통사람이 안 미치고 견딜 수 있는 정신력의 한계인 것을.(225쪽)

유년시절부터 양반을 고집하는 할아버지의 귀여운 손녀로서 귀족적으로 떠받들어지고, 서울 상경 후에는 신여성을 희구하는 어머니에 의하여 여느 집 여자아이의 일상적 삶과는 달리 지식을 향유하며 고상하게 자란 주인공에게 있어 사상적 거취를 문제 삼는 기관에 의한 수모는 '벌레의 시간'으로 일컬어질 만큼 충격적인 기억으로 남는다. 그 처참한 체험은 차후 삶의 향방을 결정짓는 계기로 작용하고 증언을 통하여 상처를 극복하리라는 다짐으로 승화된다.

그러나 작가는 그때의 모든 순간과 그 감정들을 그대로 기억하고 재현해 내지 못하는 정신력의 한계를 통탄한다. 주인공의 가족은 결국 오빠의 부상으로 피난을 포기하고 어머니의 계략에 따라 서울에서 처음으로 터를 잡았던 현저동의 어느 빈집에 숨어 지내게 된다. 그러면서 수모의 시간에 대한 복수를 결심한다. 그것은 목격자로서 증언을 다짐하는 것이며, 증언을 통하여 작가가 되겠다는 결의로 이어진다.

나만 보았다는 데 무슨 뜻이 있을 것 같았다. 우리만 여기 남기까지 얼마나 고약한 우연이 엎치고 덮쳤던가. 그래 나 홀로 보았다면 반드시 그걸 증명할 책무가 있을 것이다. 그거야말로 고약한 우연에 대한 복수다. 증언할 게 어찌 이 거대한 공허뿐이랴. 벌레의 시간도 증언해야지. 그래야 난 벌레를 벗어날 수가 있다.

그건 앞으로 언젠가 글을 쓸 것 같은 예감이었다. 그 예감이 공포를 몰아냈다. 조금밖에 없는 식량도 걱정이 안 됐다. 다닥다닥 붙은 빈집들이 식량으로 보였다. 집집마다 설마 밀가루 몇 줌 보리쌀 한두 됫박쯤 없을라구. 나는 벌써 빈집을 털 계획까지 세워놓고 있었기 때문에 목구멍이 포도청도 겁나지 않았다.(269쪽)

　주인공은 천지에 아무도 없다는 공포감에 전율하면서 서울에 남아 목격하게 된 상황을 증언해야 한다는 소명의식, 더 나아가 지난 일까지도 증언해야만 한다는 의무감으로 충만해진다. 이러한 결의는 이 작품의 서술기점을 제시하는 것이다. 이 작품의 주인공인 내가 시시때때로 성장해 가는 모습, 그 사고와 감성의 흐름까지도 증언에 대한 책무를 의식하고 반영해 가는 과정이 아닐 수 없다. 그래서 한 시골소녀가 작가로서의 책무를 자각하기까지의 과정을 담고 있는 이 작품이 "한 자연인의 성장소설이자, 작가로서의 자신의 삶을 정립시키는 예술가 소설"154)이라는 판단에 이르게 된다.

　「나목」과 「그 많던 싱아는 누가 다 먹었을까」는 주인공의 연령적 위치로 볼 때, 선후를 바꿔 놓아야 자연스럽게 이어진다. 이 두 작품은 그렇게 해서 작가가 될 예감을 얻은 주인공이 전쟁의 와중에서 겪게 된 비극, 그리고 그 비극적 현장에서 살아남은 사람들과 함께 터널을 빠져나온 경험에 대한 증언이다. 주인공이 편모슬하에서 도시의 삶을 체험하고 유년기의 고향을 상실해 가는 가운데 책 속에서 자기만의 세계를 발견하고 개체로서 한 인간의 시각을 획득하게 되는 과정이 기억력과 묘사력을 기반으로 하여 구구절절 쏟아져 나온다. 도시와 신여성에의 지향이 고향인 박적골을 근거로 하여 천박해지지 않았으며, 고향에 대한 맹목적 향수로 도시에서의 삶에 얼룩과 그늘을 드리우지 않음으로써 주인공은 삶의 균형을 이루어내고 있다. 편모슬하의 환경에서 빚어지는 갈등으로부터 비교적 자유로웠던 주인공이, 어머니를 하나의 대상으로서 응시할 수 있는 거리를 확보함으로써 애증에 휘말리기보다는 스스로 삶의 균형을 찾아나갈 수 있었던 것이다.

---

154) 하응백, 「한국 자전 소설의 계보학을 위하여」, 199쪽.

이 지점에서 「그 많던 싱아는 누가 다 먹었을까」가 보여주는 성
장소설로서의 성과를 가늠할 수 있다. 그에 비하면 파손된 가족의
어머니와의 애증을 통하여 가족이데올로기의 억압과 모순을 그려낸
「나목」은 결혼을 통한 세계와의 화해에 이르고 있다. 주인공의 결혼
은 어머니와의 결별, 고가의 재건이라는 상징적 의미를 동반하면서
'어머니의 딸'로부터 비로소 주체로서의 한 여성으로 거듭나는 과정
에 상응하는 것이다. 그러므로 이 두 작품은 주인공이 전쟁의 폭력
과 가족구조의 변화, 그로 인한 충격과 상처를 회복하고 주체로서의
개인으로 성장한다는 개인의 내면적 성장을 다루고 있는 동시에, 훼
손된 세계에서 주인공이 추구해야 할 진정한 가치를 발견해 가는 과
정을 보여준다. 지난한 세월 속의 화가에게서 현실에 대하여 의연한
초월적 정신자세를 읽어내고, 세계의 모순에 직면하여 작가로서의
책무를 발견함으로써, 작가는 진정한 가치 추구에의 비전을 제시하
고 있는 것이다.

제7장
한국 현대 성장소설의 위상

1. 성장소설의 장르적 성과

한국 현대 성장소설이 전대의 서사체로부터 변화되어 왔다고 전제할 때 풀어야 할 과제는, 성장소설의 장르적 특성이 전대의 서사체와 연관성을 가지면서도 시대적 보편성을 획득하고, 그것이 작품을 통하여 입증되어야 한다는 점일 것이다. 이 책의 논의 대상인 여덟 편의 장편소설은 그 형식적 특질이 한마디로 명쾌하게 단정될 수 있는 지점에서 출발하지는 않는다. 시기적으로도 이광수의 「무정」(1917)과 박완서의 「그 많던 싱아는 누가 다 먹었을까」(1992)는 상당한 거리를 가지고 있는데, 한국 현대 성장소설이 일찍이 그 위상을 정립하여 단계적으로 성장해 온 형편이 못 되기 때문에 어쩔 수 없이 감안해야만 할 약점이기도 하다.

이 책에서는 한 작가의 작품을 두 편씩 선정하였으며, 논의를 통하여 각각의 작품들은 나름대로의 독자적 특성을 가지면서도 동일 작가라는 토대에 의하여 작가별로 구분되는 성장소설로서의 스타일을 가지고 있음을 파악할 수 있었다. 그리고 네 사람의 작가가 시대적 간격을 유지하면서 포진하는 가운데 산출된 이들 작품이, 한국 성장소설의 보편적 특성이라고 할 만한 동질성 및 통시적 변화라고 언급할 만한 변모의 과정을 동시에 드러내고 있음을 확인하였다.

먼저 주목할 점은 현대소설 장르로서의 성장소설이 일대기 형식에 대하여 열린 구조를 가지고 있다는 점이다. 일대기 형식의 고대소설이 출생−성장−시련−부귀영화−죽음의 구조로 진행된다면, 신소설 이후 그 구조는 단계가 축소되면서 시련과 출세의 항목의 서술에 집중되고, 현대소설도 역시 같은 추세를 보인다. 그 시발점에 놓이는 「무정」은 소년기의 성장과정에 중심을 둠으로써 일대기 형식의 축소된 구조를 가지고 있다. 그러나 「나」와 「별과 같이 살다」는 출생으로부터 시작하여 20세 또는 19세에 이르기까지 주인공의 일대기적 형식을 취하고 있다. 물론 성인이 된 이후의 삶에 대한 언급이 없으므로 부귀영화 성취 후의 죽음의 단계가 생략되는 것이기는 하나, 고대소설이라도 성공 후의 여생에 대하여는 간략하게 서술된다는 점을 감안할 때 이 작품들이 고대소설의 일대기 형식에 의존하고 있음을 확인할 수 있다.

> 영웅소설의 주인공은 언제나 청년이고, 주인공의 청년시절이 지나면 이야기는 사실상 다 끝난다. 그리하여 청년의 발랄한 투지와 야망을 긍정하고 찬양하는 것이다. 영웅소설의 이러한 성격은 <영웅의 일생>의 오랜 전통에 비추어 본다면 당연한 것이다.[155]

성장기를 중심으로 전개되는 현대 성장소설이 주인공이 성인사회로 진입하는 시기에서 종결되는 것은 일대기 형식의 현대소설적 '전위'로 가늠된다. 또한 박완서의 「그 많던 싱아는 누가 다 먹었을까」 역시 서너 살 때부터 이십 세에 이르기까지 성장의 과정을 시간의 흐름에 따라 서술하고 있어 성장소설들이 일대기 형식에 의존하고 있음을 다시 보여준다.

일대기 형식으로 서술된 성장소설의 구조는 서술자의 욕망에 따라 선택된 것으로, 작가의 창작의도 및 서술태도와 관련하여 논의가 가

---

155) 조동일, 「영웅소설 작품구조의 시대적 성격」, 339쪽.

능한 부분이다. 이광수는 「나」의 서술자를 통하여 "내 일생에서 일어나는 일은 크든지 작든지, 내가 보기에는 뜻이 있든지 없든지, 이일을 있게 하는 하늘로서 보면 다 뜻이 있고 까닭이 있고 따라서 우주의 섭리에 필요한 것이어서 그중에서 하나도 빼어놓기 어려운 것이라고 보는 것이 옳은 줄로 생각된다."[156]고 언급하고 있다. 즉 모든 존재의 삶이 의미가 있고 그래서 말할 가치가 있다는 주장이다. 이러한 생각은 평범한 개인의 삶에 대한 비중을 강화한 소설의 장르적 변모를 반영하는 것이기도 하다.

> 「유충렬전」은 자아의 신화적 능력이 청산된 작품이라고 할 수 있다. 「홍길동전」에 남아 있는 前代 장르의 흔적 중에서 가장 두드러진 것이 자아의 신화적 능력이었으므로, 이러한 변모는 소설의 장르적 발전에서 참으로 중요한 의의를 가진다. 이러한 변모로 소설에서의 인간이 범속한 일상적 인간에 한 걸음 더 접근하게 되었고, 일상적 인간이 실제로 당면하고 있는 세계와의 대결이 소설의 중심적인 문제로 등장하게 된 것이다.[157]

또한 박완서는 「그 많던 싱아는 누가 다 먹었을까」의 주인공을 통하여 증언자으로서의 서술자세를 드러낸다. "나 홀로 보았다면 반드시 그걸 증언할 책무가 있을 것이다. 그거야말로 고약한 우연에 대한 복수"[158]라고 다짐한다. 영웅소설은 대부분이 작가미상으로 되어 있어 그 창작의도가 직접 드러나지 않지만, 「홍길동전」과 같이 작가가 알려진 작품에 기대어 생각한다면 그것은 부당한 세계에 항거하고 통쾌하게 복수하려는 욕망의 반영이라 집약할 수 있다. 훼손된 세계의 모순을 증언함으로써 복수하고, 그것을 통하여 보상받고

---

156) 이광수, 「나」, 『이광수전집 11』, 삼중당, 1964, 404쪽.
157) 조동일, 「영웅소설 작품구조의 시대적 성격」, 327쪽.
158) 박완서, 『싱아는 누가 다 먹었을까』, 웅진출판, 1992, 269쪽.

자 하는 욕망에 의하여 일대기형의 성장소설이 쓰인다면, 고대의 영
웅소설이 가지고 있던 바람과도 일맥상통하는 것이다. 영웅소설이
비현실적인 영웅의 성공담을 통하여 조선조 임진왜란과 병자호란 이
후의 좌절감을 해소하고자 하는 욕망을 반영하고 있듯이, 성장소설
의 증언을 통하여 응어리를 해소하려는 욕망 앞에 일대기형 구조의
가능성은 열려 있는 것이다. 또한 성장소설의 속성, 즉 한 인물에 대
하여 집중된 관심과 성장과정의 추적을 통해 의미를 부여하는 시간
성에의 집착을 감안할 때, 성장소설의 일대기적 구조는 긍정적으로
수용될 수 있는 토대를 확보한다.

　다음에 주목하는 점은 회고의 형식을 취한다는 점이다. 여덟 편의
작품 중 세 편, 「무정」과 「별과 같이 살다」, 「일월」은 삼인칭의 서술
시점으로 진행되며, 「나」, 「노을」, 「마당깊은 집」, 「나목」, 「그 많던
싱아는 누가 다 먹었을까」 등 다섯 편은 일인칭의 화자인 '나'를 통
하여 이야기가 전개된다. 그러나 표면적으로는 일인칭 화자에 의하
여 진행되더라도, 실제로 이야기하는 화자가 분리되어 삼인칭의 서
술자와 같은 자세를 견지하고 있다. 위의 다섯 편은 모두 주인공인
'나'와 이야기하는 '나'가 분리되어 있으며, 성인이 된 화자의 회상
을 통하여 재현되는 주인공의 성장기는 성인인 화자에 의하여 통제
를 받는다.

　　내 아버지와 어머니가 돌아가신 이야기는 넷째 이야기로 써야 옳은
　것인데 다섯째로 민 것은 까닭이 있다. 첫째는 내가 어렸을 적 이야기
　가 너무 암담한데다가 뒤이어 아버지와 어머니가 일주일을 새에 두고
　작고한 비참한 이야기를 하는 것은 나로서도 차마 하기 어려울 뿐더러
　이 글을 읽을 이의 정신에도 과감한 비감을 넣어드릴까 슬퍼함이었다.
　그래서 어린 사랑 이야기를 새에 넣어서 나와 읽는 이들의 마음을 쉬
　게 한 것이다.[159)]

「나」의 서술자는 50대에 이른 성인 화자다. 이 작품에서 화자는
자신의 애욕생활을 서술한 제4장과 부모의 죽음을 서술한 제5장의
위치를 의도적으로 바꾸게 된 이유를 설명하는 등, 자기 존재를 문
면에 드러내고 작품에 통제를 가한다. 그것은 「무정」의 서술자가
"이제 무정을 마치자"라고 목소리를 드러내는 것과 동일한 양상으
로, 비록 경험하는 주인공의 내면을 일인칭으로 서술하고 있다고 하
여도 성인 화자에 의하여 회고하는 형식을 취한다.

김원일의 「노을」에서는 열네 살인 소년 주인공의 과거와 29년 후,
사십 대가 된 성인 주인공의 현재가 교차·서술되고 있다. "그 이원
적 시간은 규칙적으로 반복 병치되면서 과거의 시간이 현재에 의하
여 조명받게 되고 또 현재의 시간은 과거의 시간에 의하여 결정적인
압력을 받고 있다는 사실을 실감시켜 준다."[160] 이러한 서술방식은
현재의 나와 과거의 사건이라는 시간의 단절 때문에, "자신의 성장
을 연속성을 지닌 문화사로서 반성하기보다는 현재와 과거의 대비를
통해 인과적으로 인식하도록 요구"[161]하고, 그래서 주인공의 과거와
현재 사이에는 원인과 결과라는 반복된 상황들이 지속될 뿐 내면적
성장이나 가치체계의 확산은 불가능해진다는 약점을 갖는다. 그러나
이러한 형식을 통하여 성인이 된 주인공은 당시 아버지의 모습을 떠
올리게 되고 어린 소년으로서는 미처 깨달을 수 없었던 아버지 행적
의 의미와 그것이 오늘날의 현실 속에서 어떻게 작용하고 있는가를
성찰할 수 있게 된다. 이러한 서술자세는 「마당깊은 집」에서 소년
주인공과 화자 사이의 시간적 거리를 통하여 다시 확인된다.

휴전 직후의 막막한 절망과 우울한 실존의 풍경, 수백만 명의 사상

---

159) 이광수, 「나」, 404쪽.
160) 천이두, 「비극의 현장」, 1267쪽.
161) 김병익, 「성장소설의 문화적 의미」, 87쪽.

자를 발생케 한 전쟁 직후임에도 불구하고 어김없이 전개되는 빈틈없는 생존의 논리, 어떤 어려운 시대에도 예외 없이 존재했던 사람 사랑하기, 현재 한국자본주의의 최대 문제점이라고 할 수 있는 빈부 격차의 원천적 뿌리 등등을 포함한 미세한 삶의 결을 냉정하고 정밀하게 묘사하기 위해서는 30년이 넘는 세월이 요구되었던 것일까? 아마 그럴 것이다! 우리 소설사는 <마당깊은 집>에 등장하는 일종의 신념 있는 공산주의자인 정태 씨를 객관적으로 묘사하기 위해서 30년이 넘은 세월이 필요했던 것이다.162)

시간적 거리를 확보함으로써만 비로소 서술이 가능한 성장기의 체험은 성인이 된 화자에게 전지적 위치에서의 조망과 해석의 책무를 부여한다. 그러므로 엄연한 주인공인 소년으로서의 '나'의 존재에도 불구하고 이야기는 성인이 된 화자의 시각을 견지함으로써 삼인칭 소설의 면모를 드러낸다.

박완서의 성장소설 역시 성인 화자에 의하여 진행된다. 「그 많던 싱아는 누가 다 먹었을까」는 서너 살부터 스무 살에 이르기까지의 성장 체험을 다루고 있지만 서술하는 화자는 이미 60대에 이른 성인이다. 작품 전체에서 서술자가 자신의 현재 위치를 유지하고 때때로 그 모습을 드러내고 있기 때문에, 성장기의 주인공에 대한 서술과 묘사 뒤에서 자신을 되돌아보고 있는 중년을 넘은 현재의 서술자의 존재가 항시 감지된다.

경험자아와 서술자아의 현재적 위치가 분명히 드러남으로써 진행되는 이 작품의 서술은 이른바 「회상의 문법」에 충실하게 전개된다. 「여덟 살 먹은 계집애」라는 서술자 자신의 객관화가 나타남으로써 분명해진 이 서술적 거리는 서술되는 사건이 현재에서 회상하는 과거의 것임을 독자에게 끝없이 상기시킨다.163)

162) 권성우, 「1954-1955: 실존의 우울한 풍경」, 『문학사상』, 1989년 8월, 125쪽.

이러한 서술자의 위치가 경험 당시에는 몰랐던 자신의 삶을 조망할 수 있게 하는 객관적 거리를 만듦으로써, 회상을 통한 정체성 확인의 작업을 효과적으로 수행하고 있는 것이다. 「나목」의 서술체계에 대하여 김경수는 이야기 시간과 담화 시간이 일치함으로써 젊은 날에 대한 나름의 의미 부여와 주석이 불가능하다는 점을 지적한다.164) 그러나 「나목」 역시 종반에 등장하는 중년여성의 존재를 감지시킴으로써 지금까지의 이야기가 회상의 형식으로 진행되었음을 암시한다. 또한 「나목」의 그런 취약점은 「그 많던 싱아는 누가 다 먹었을까」에서 거뜬히 극복된다. "기억의 도움을 받는 회상의 형식, 이것만이 소설의 순수혈통이라는 것. 주관과 객관의 자기 속에서의 통일이 가능한 영역이야말로 소설이 서고 머물 수 있는 장소"165)라는 지적처럼, 자신의 경험적 사실에 대한 객관적 평가와 의미 부여를 가능하게 하는 성숙한 성장소설의 형식을 보여준다.

「나목」은 작가 스스로가 밝히고 있듯이, 그 서술 동기가 소설 속에서 옥희도로 표상되는 화가 박수근에 집중되어 있기 때문에 의미 부여나 주석을 부가하는 서술체계보다는 현재진행형의 서술이 더 적절할 수 있다. 왜냐하면 실존했던 인물의 형상화에 있어 타인의 삶에 대한 섣부른 평가적 진술로 오인되거나 작품 속에서 그 대상을 암암리에 폄훼할 수 있기 때문이다.

이상과 같이 한국 성장소설들은 표면적으로는 일인칭을 표방하고 있다 해도 실제로는 성인의 화자를 내세워 주인공의 삶을 객관화시키면서 이야기하는 형식을 지향하고 있다. 마치 자신의 이야기가 아니라 어떤 인물의 성장 체험기를 들려주는 듯한 태도를 유지하고 있으며, 그것을 통하여 한 인물에 초점을 맞추어 진행되는 전대의 서

---

163) 황도경, 「정체성 확인의 글쓰기」, 134쪽.
164) 김경수, 「여성성장소설의 제의적 국면」, 36쪽.
165) 김윤식, 「기억과 묘사」, 278쪽.

사체 및 소설과의 유대를 확인시켜 주고 있다.

다음에 관심을 두는 점은 조력자의 존재 유무 및 역할의 경중에 따른 성장소설의 변모 양상이다. 전대의 서사체에서 필수적인 존재였던 이들 조력자의 존재는 현대 성장소설에서는 서서히 그 모습을 상실해 가는 것으로 파악되는데, 성장소설의 경우 주인공이 소년기에 위치해 있다는 특성상 조력자의 존재를 간과할 수 없다. 「무정」에서 박진사는 어린 시절 영채의 욕망에 대한 매개자였으나 시련과정을 겪은 후 병욱이라는 신여성으로 매개자가 전이된다. 이때 병욱은 영채를 교육하고 새로운 삶으로 이끄는 교화자[166]로서의 역할을한다. 즉 교화자에 의하여 과거의 인습과 굴레에서 빠져나오게 되는데, 이때 교화자는 주인공을 성인으로 이끌어 줌으로써 조력자의 역할을 담당하는 것이다.

황순원의 성장소설에서 조력자는 뚜렷이 부각되지 않는다. 「별과같이 살다」의 산옥이와 주심이, 「일월」의 기룡이의 존재가 조력자에해당하지만 그들은 주인공의 삶에 적극적으로 개입하기보다는 주변인물로서 주인공에게 정보를 전달해 주거나 이야기의 상대가 되어주는 정도에 머물고 있다. 그럼으로써 주인공의 성장은 조력자에 의한 획기적인 변화 수용이 아니라 내면적 각성에 도달하기 위한 점진적인 변모를 보인다.

자전적 성향을 내포하고 있는 김원일과 박완서의 성장소설에서 조력자의 존재는 미약하다. 「노을」과 「마당깊은 집」에서 주인공은 모든 정보를 관찰과 엿듣기 또는 제삼자의 타인에 대한 언급을 통하여얻게 된다. 그들에게는 정보를 전해 주거나 성장을 이끌어 주는 인물이 없다. 그래서 혼자 나돌아 다니면서 보고, 듣고, 느끼고, 생각함으로써 상황을 판단한다. 다만 주변 인물들이 이미지로서 어린 주인

---

166) 이재선, 「형성적 교육소설로서의 <무정>」.

공에게 전형화된다. 「나목」의 경우에도 옥희도나 미군병사 조, 황태수 등은 주인공의 성장을 인도하는 조력자이기보다는 주인공의 결손된 남성상을 투영하는 모델로서의 역할을 담당한다. 또한 「그 많던 싱아는 누가 다 먹었을까」에서 주인공은 주변 인물들과의 교류를 차단하면서 책 속에 칩거한다. 이들은 결국 자신의 내면에 몰두하는 인물들로서 관찰과 응시를 통하여 세계를 이해하고 성장해 간다. 그리고 그러한 성향은 섬세하고 사실적인 문체에 뒷받침되어 소년기의 체험을 복원해 내는 원동력으로 작용한다.

　이렇게 본다면 우리 성장소설들은 만남을 통하여 자아를 발견해 가기보다는 격리 또는 단절을 통하여 성숙해 가는 면모를 드러내며 그것은 한국 현대 성장소설의 가족중심주의와도 긴밀하게 연결된 것으로 추정된다. 가족중심주의는 인간관계의 중심을 가족에게 둠으로써 공공의 사회 속에서 관계 맺기에 소극적이며 비혈연 집단에 배타적 속성을 드러낸다. 그러므로 주인공의 체험 세계가 한정되고 가족 내에서 문제가 발생하였을 경우 그 충격은 더 심화되고 갈등을 해소하기 어렵게 된다. 그러나 이러한 약점은 길 찾기의 모티프를 가진 성장소설들에서 다소 해결의 실마리를 보이며, 유교적 가족중심주의가 개인주의로 전환되고 있는 한국의 사회·문화적 현실을 감안할 때 다분히 그 극복의 의지가 수렴되고 있는 것으로 평가된다.

2. 성장소설의 지향과 전망

　이 책에서 성장소설의 기반으로 전제한 가족중심주의는, 현대 성장소설 내에서 뚜렷한 면모를 드러내며 점진적인 변화의 과정을 보여주고 있는 것으로 확인된다. 이광수의 「무정」과 「나」에서 가정적 환경은 고아라는 상황으로 전개되며, 황순원의 「별과 같이 살다」 역시 혈연적 정체감을 획득하기 전에 고아가 되어 혈연적 콤플렉스를 안고 출발한다. 「일월」과 김원일의 「노을」은 양 부모가 생존하는 가운데 갈등이 시작되지만 둘 다 아버지를 잃게 됨으로써 가족 분열을 체험하게 된다. 한편 「마당깊은 집」과 박완서의 「나목」, 「그 많던 싱아는 누가 다 먹었을까」는 편모슬하의 주인공이 겪어나가는 성장과정을 통하여 문제적 상황으로서의 성장환경을 극복하고 길을 찾아나가는 인물들의 고뇌를 피력한다.

'고아의식'은 이광수의 소설에 늘 따라다니며 여러 각도로 해석되는데, 성장소설 속에서 성장기 주인공에게 부과되는 고아의식은 다분히 콤플렉스로서의 성격을 갖는다. 가족중심주의 문화를 토대로 하는 한국사회구조에 있어 고아 즉 가문의 몰락은 기본 요건에 미달되는 환경이기 때문이다. 주인공은 고아 콤플렉스를 보상하기 위해 어떻게든 집안을 일으켜야 한다는 집착에 매달린다. 그러나 고아라는 환경과 경제적 무능력은 가정의 재건에 부정적 여건일 수밖에 없으며, 실현 불가능한 목표 앞에 주인공은 좌절한다.

한편 고아라는 장치는 주인공이 비약적 성장을 얻어내는 발판이 되기도 한다. 박영채는 가계가 몰락함으로써 신여성으로 거듭나고 학문을 통해 국가에 봉사하겠다는 소명의식을 갖게 되며, 「나」의 주인공 김도경 역시 집안의 몰락으로 가족으로부터의 구속에서 벗어남으로써 기독교라는 종교에 입문하여 전도자로서의 삶을 자처하게 되는 것이다. 구한말에서 1900년대 초기로 이어지는 소년기 주인공들의 장래는 신문명과의 만남으로 전환점을 맞이하는데, 전통적 사고방식을 이어온 가부장권에 의하여 그들의 전도는 신구 가치관이 대립하는 과도기적 상황 속에 놓인다. 이때 고아라는 상황은 전통적 가부장권으로부터의 자연스러운 이탈과 신문명에의 경사를 묵인해 주는 장치로서의 역할을 수행한다.

「별과 같이 살다」의 주인공 곰녀는 핍박받는 여성으로서 운명적 시련을 극복하고 삶의 길을 발견해 간다는 점에서 단군신화의 웅녀와 동질성을 확보하고 있다. 작품 속에서 곰녀의 한자 이름이 한민족의 모태인 웅녀라는 것을 하르반의 입을 통하여 밝히고 있는데, 그것은 "곰녀가 한민족의 알레고리로 쓰이고 있다는 것을 은연중에 암시하려는 작자의 의도"[167]를 반영하는 것이다. 곰녀가 내면의 소리를 확인하고 민호단으로 가기로 결심하게 되는 것은 봉사에 대한 사명감의 획득이라기보다는 주심이 언니에게 의존하는 사고에서 비롯된 행동이며, 곰녀가 스스로 자신의 행로를 결정한다는 점에서 의의를 부여할 수 있다.

이렇게 볼 때 고아라는 환경은 뿌리 뽑힘을 의미함과 동시에 변모를 가능하게 하는 조건으로서의 기능을 보유하고 있으며, 이광수가 훼손된 세계를 정화하기 위해 비약적인 성장과 소명의식을 고취시켰다면, 황순원은 운명에 순응함으로써 진정한 자아를 인식하는 현실적 의미의 구원을 모색한다. 한편 「일월」은 숙명과 대결하는 주인공을 통하여 혈연적·신분적 콤플렉스를 극복할 수 있는 대안을 모색한다. 황순원의 현실적 구원이란 자아의 정체를 인식하는 것으로부터 시작하여 세계와의 조화를 탐구하는 지점에 이르러 종결된다. 성장소설에서 자아의 성장을 이루게 되는 통합의 단계는 인생 전체로 본다면 성인으로서, 사회인으로서 첫발을 내딛는 시작으로 가늠된다. 그러므로 비약적인 성장을 이루고 소명의식으로 충만해지는 이광수의 성장소설에 비하여 황순원의 성장소설은 세계의 수용 및 화해라는 내면적 자아의 성장에 주목함으로써 성장소설의 심리적 변화를 담지해 낸다.

---

167) 김현, 「소박한 受諾」, 107쪽.

김원일과 박완서의 성장소설에서 주인공이 처하게 되는 편모슬하의 가정환경은 고아라는 조건에 비하여 한결 완화된 성장의 기반으로서 모계가부장에 의하여 갈등을 유발하지만, 상대적으로 구속력이 약해진 가족주의를 반영한다. 그들이 가족에 집착하는 것은 외부의 힘에 의하여 침해받았기 때문이며, 온전한 가족을 희구하는 열망 때문이다. 그래서 어머니와 애증의 관계를 형성한다. 편모슬하라는 환경은 부권이 상실된 성장의 조건일 뿐 아니라 아버지로 상징되는 이데올로기의 부재 또는 배제를 의미한다. 절반의 가치, 편중된 가치체계 속에서 성장하기 때문에 관심이 제한되고 대리가부장권과의 대결 구도를 낳는다.

김원일의 성장소설은 소년 주인공의 가족이데올로기에 대한 집념이 갈등을 유발하는 지점에 와 있다. 「노을」은 '아버지의 아들'이 되고자 하는 주인공 갑수의 처절한 몸부림이며, 「마당깊은 집」은 '어머니의 아들'이 되기 위한 길남이의 투쟁이다. 아버지를 포기할 수밖에 없었던 아들의 체험담이며, 어머니에게 인정받아야만 존재를 확인할 수 있었던 소년의 고백이다.

> 이 작품에서 "이야기하는 화자가 이야기하고 싶은 시기는 역사적 시기라기보다는 철들 무렵이다. 그 역사적 시기에 어떤 일이 일어났느냐를 이야기하기보다, 내가 철들 무렵 나는 이렇게 삶과 만났다라는 이야기를 화자는 더욱 하고 싶어 한다. 객관적으로, 총체적으로 역사적 사실을 분석하고 있기엔 철들 무렵의 고뇌와 절망이 너무 컸기 때문이다.[168]

「노을」의 주인공은 부정적인 아버지의 세계를 목격함으로써 아버지 세계의 뿌리인 고향을 폐기해 버린다. 그리고 29년이라는 세월 뒤의 방문을 통한 화해조차도 허탈감 속의 막연한 기대로 종결된다.

---

168) 김현, 「이야기의 뿌리, 뿌리의 이야기」, 245쪽.

혈연과 가부장권이라는 구속력으로부터 자유로울 수 없었던 주인공
의 성장의 궤적을 여실히 보여준다. 반면에 「마당깊은 집」은 대리가
부장권에의 대결이라는 갈등구조 속에서 스스로 가부장권을 획득해
가는 과정을 통하여 가족이데올로기의 폐해를 증언한다. 결손된 부
권을 보완하려는 어머니의 아들에 대한 집착과 대리가부장으로서의
훈육은 모자간의 관계를 굴절시키고 대결구도를 창출한다. 주인공은
마당 깊은 집에서의 일 년여의 생활에 대하여 "초라한 내 삶의 족
적"169)이라고 술회한다. 그들은 아버지에 대하여 함구해야 하는 현
실 속에서, 어린 나이에 아버지의 역할을 물려받음으로써 일찍이 삶
을 체념하고 훼손된 세계에 동화되어 간다.

　편모슬하의 애증관계는 「나목」에서도 그대로 이어진다. 이 작품의
주인공은 여성이라는 위치 때문에 소용돌이의 중심에 놓이게 된다.
부권 상실 및 부권 계승자들의 참혹한 죽음으로 가족 내에서 남성적
존재를 결핍한 주인공은 삶에의 의지를 박탈당한 모성에 저항하면서
새로운 가족에의 편입을 통하여 상처의 회복을 도모한다. 「그 많던
싱아는 누가 다 먹었을까」에서 어머니는 가부장권으로부터 스스로
이탈하여 적극적으로 자신의 가치관을 펼쳐간다. 그러나 그 원동력
이란 역시 아들을 가부장으로 세우기 위한 모성적 본능에서 비롯되
는 것이다. 다만 대가족이라는 전통적 가족이데올로기로부터 해방됨
으로써 개체적 인식을 통한 가족주의의 전망을 보여준다는 점에서
고무적이다. 이 작품의 주인공은 가족주의에 희생되지 않는 여성으
로서 전쟁과 이데올로기 대립이라는 모순된 상황 속에서 작가의 책
무를 발견한다.

　개체로서의 인식을 속박하는 가족중심주의는 가족이데올로기를 향
한 집착을 통해 오히려 가족 간의 정서를 해치는 결과를 초래한다.

---

169) 김원일, 『마당깊은 집』, 문학과지성사, 1988, 188쪽.

1990년대에 들어 성장소설은 가족이라는 혈연적 집단으로부터 비교적 자유로워짐으로써 혈연의 논리가 아닌 공공의 관계 속에서의 자아의 성장을 모색하는 모습을 드러낸다.170) 그것은 그만큼 가족이데올로기의 구속력이 약화되었음을 의미하며 동시에 개체로서의 성장을 담보함으로써 그 지향점을 공공의 사회가 추구하는 가치체계로 전환할 수 있게 되었음을 시사하는 것이다.

> 억압으로부터, 정치적 혹은 자본주의적 억압으로부터의 저항과 탈출의 계기로서, 그 진정성의 가장 진지한 표지가 되고 있는 문학이 선택되었다는 것은 우리 사회가 아직은 반성과 비판의 자정력을 가지고 있고 극복과 지향의 잠재력을 일구고 있다는 증거로 기능할 것이다.171)

한편 작가로서의 길을 선택하는 주인공들을 통하여 진정한 가치에의 추구를 고양시킨다는 점에서 작가들의 자전적 성장소설에 대한 새로운 점검을 요한다. 한국 현대 성장소설은 가족중심주의 문화로부터 개인주의를 옹호하는 가치체계로 전환해 가는 도정에 있으며, 사회구조의 변동으로 비롯된 가족구조 및 가치관의 변화를 수렴하면서 사회 문화적 이념과 지향에의 탐구를 모색하기 시작했다. 불우한 성장의 여건으로 인한 피해의식으로부터 빠져나오려는 시도를 감행함으로써 성장소설의 전도에 희망적인 비전을 제시하고 있는 것이다.

---

170) 장정일, 이순원, 신경숙, 이순의 성장소설 등.
171) 김병익, 「고통에의 기억과 창조에의 기억」, 『문학과 사회』, 1992년 가을, 1039쪽.

한국 현대 성장소설은 한국 서사문학의 전통과 소설적 정서로부터 출발, 변형된 소설 유형이다. 성장소설이 주인공의 성장기에 관심을 집중하고, 성장의 양적·질적 성과에 주목하고 있음을 볼 때, 일대기라는 형식을 통하여 한 인간의 성장과정을 보여주던 전대의 소설과 매우 유사함을 확인할 수 있다. 성장소설의 구조는 한국의 사회·문화적 성격과 밀접한 관계 속에서 형성되었으며, 오랜 세월 동안 전통을 이어온 가족주의를 바탕으로 성숙되어 왔다. 그러므로 작품 내에 설정된 성장의 조건으로서의 가족구조 변화를 고찰함으로써 한국 현대 성장소설의 전대 소설과의 연관성 및 변모과정을 유추해 볼 수 있다.

이 책에서 논의된 성장소설은 작가별 개성을 지니면서도 시대적 간격에 따른 변모를 담지하고 있어 성장소설의 장르적 특성과 함께 세계관의 변모를 포착해 내는 성과를 보여준다. 이 책에서는 논의를 위해 이광수, 황순원, 김원일, 박완서 등의 작품 여덟 편을 선정하였다. 각 작품은 통과의례의 단계에 따라 분리-전이-통합의 과정을 중심으로 논의하였으며, 그 결과는 다음과 같다.

이광수의 성장소설은 주인공의 성장기와 소명의식 획득에 초점을 맞춤으로써 성장소설이라는 화두를 던지는 작품으로서 자리매김 하고 있다. 「무정」은 여성성장소설의 국면을, 「나」는 자전적 성장소설의 유형을 보여주는 작품으로서 중요한 의미를 가지며, 주인공의 소명의식 자각이라는 이상적 결말 또한 전대의 소설로부터 이어져 온 우리 소설의 구조를 반영하는 것으로 초기적 성장소설의 면모를 드러낸다.

가족중심의 문화로 일관해 온 일대기형의 소설구조에서 한층 현대성장소설로서의 요건을 향해 전진하고 있으며, 다소 이상적인 결말이지만 주인공의 가혹한 시련과 시련을 통한 훼손을 보상하고 정화하려는 의지를 반영하고 있다. 이는 국가적 위기를 극복하려는 사회적 요구에 부응하려는 작가의 의도로 파악된다. 「무정」과 「나」는 일관된 구조를 갖는 작품으로서 소년기의 가족 이탈, 이성을 통한 시련의 체험, 매개자 전이를 통한 성인사회로의 입문이라는 단계의 공통점을 보이며, 통합의 단계에 이르러 주인공들은 신문명을 수용하고 국가와 민족에 대한 소명의식을 갖는 등 공공의 이익에 부합하려는 인물로의 지향을 드러낸다.

황순원의 「별과 같이 살다」와 「일월」은 시련의 과정을 통과하고, 성장의 결과를 모색함에 있어서 현실성을 기반으로 한다는 점에서 한층 성장소설로의 진전을 보인다. 「별과 같이 살다」는 곰녀의 출생부터 시작되는 일대기 형식을 취하고 있으나 집안 내력은 물론 곰녀의 존재 또한 소박하게 묘사되며, 백정 출신이라는 가족사의 비밀을 다루는 「일월」에서도 현실적으로 가능한 구원의 방안을 모색하고 있다. 「별과 같이 살다」는 전대의 서사체, 소설들이 보유하고 있는 영웅적 인물형과는 상당히 거리가 먼, 열등감에 사로잡힌 한 여성 인물의 성장과정을 그려가고 있으며, 시련의 과정이 보상으로 연결되지 않는 처절함으로 일관되고 있다. 그것은 삶이 해피엔딩일 수만은 없다는 진리의 수용이며 성장소설로서의 기대를 충족시킬 수 있는 하나의 진전이기도 하다. 통과의례에 있어 통합의 단계는 삶 전체로 볼 때는 시작으로서의 의미를 갖기 때문이다.

「일월」은 주인공이 신분상의 콤플렉스를 수용하고 극복의 방안을 모색해 가는 과정을 통하여 성인으로서 사회에 입문하게 되는 형식을 취한다. 시련의 과정이 혈연적 비밀이라는 벗어날 수 없는 숙명과의 대결이라는 점에서 주목된다. 자기만의 세계로부터 벗어나 사회적 인물로서 자리매김 하는 과정이며, 진실을 수용함으로써 타인과의 관계 속에서 자신의 존재위치를 확인하는 거듭나기의 과정이다. 「일월」의 도달 지점은 「별과 같이 살다」에서 곰녀의 통합 단계와 유사한 성격을 가진다. 자아의 내면적 성장이라는 측면에 관심을 두고 있으며, 미약하나마 원조자와의 교류 속에서 전이 단계의 시련을 극복하고 새로운 삶에 대한 비전을 발견하는 것이다.

김원일의 성장소설은 6·25 전후의 혼란 속에서 성장해 온 주인공들을 다루고 있기 때문에 굶주림과 피해의식, 훼손된 존엄성으로 인한 상처들에 관심이 집중된다. 이미 성년이 되어 어린 시절을 회상하는 구조로 서술되어 향수가 깃들어 있다. 성장소설로서 「노을」의 소년 체험은 그것이 정상적인 성인세계로의 복귀라는 자연스러운 이행으로 연결되지 못하고 고향의 이탈로 대치된다. 그리고 다시 돌아오지 않음으로써 체험 이전의 세계와 결별하고 다른 세계로 이적한다. 정상적인 복귀가 불가능했기 때문에 주인공은 콤플렉스를 간직하고 있다. 성인의 세계로 유연하게 안착하지 못한 주인공을 통하여 통과의례의 조건 및 상황이라는 변수가 미치는 영향을 새삼 확인시킨다.

「마당깊은 집」의 주인공 역시 성인이 되기까지도 해결하지 못했던 감정과 일화들을 통하여 그 세월의 의미를 반추해 내고 있다. 김원일의 성장소설은 가족공동체 염원을 반영하고 있으며, 소년기 주인공의 가족에 대한 집착을 중심으로 전개된다. 자신이 대결하고 포용해야 하는 세계란 오직 가족으로 한정되어 있으며, 그러나 그것이 유아기적 감상이 아닌 엄연한 현실의 반영이라는 점에서 주목을 받는다. 그들은 이데올로기에 대한 함구라는 제한된 조건 속에서 성장하였기 때문에 소년기를 조기 졸업하고 일찍 성인의 대열에 합류하여 고단한 삶의 행보를 시작할 수밖에 없었고, 그 때문에 온전하게 겪어낼 수 없었던 그 시절은 계속 반추되고 있는 것이다.

박완서의 성장소설은 사실성에 기초한 묘사력으로 주목을 받는다. 「나목」은 50년대 초 서울의 풍속을 기초로 당시의 분위기를 재구해 내고 있으며, 「그 많던 싱아는 누가 다 먹었을까」 역시 40~50년대인 성장기의 기억을 복원하여 순차적으로 서술하고 있다. 「나목」은 전후의 상황 속에서 성장하는 한 여성 주인공의 체험과 그 행동양식을 통하여 가족이데올로기가 빚어내는 불협화음, 그런 가운데 모색되는 성인으로의 발돋움을 섬세하게 피력하고 있다. 한편 「그 많던 싱아는 누가 다 먹었을까」는 도시 입성이라는 환경 변화에 따른 유년기의 정체감 훼손을 시골과 도시에서의 삶에 대한 대비적 사고와 적응력으로 극복하고 자연스러운 내적 성장을 이루어 가는 여성 주인공의 성장 체험을 다루고 있다. 어머니와의 애증관계 속에서 가족이데올로기의 억압과 모순을 드러낸 「나목」은 결혼이라는 통합의 단계에 이른다. 주인공의 결혼은 고가의 재건이라는 상징적 의미를 동반하면서 '어머니의 딸'로부터 비로소 주체로서의 한 여성으로 거듭나는 과정에 상응하는 것이다. 박완서의 성장소설에서 성장의 의미는 주인공이 주체로서의 개인으로 성장한다는 데 있다. 그들은 작가로서의 책무를 자각하거나, 지난한 세월 속 화가에게서 초월적 정신자세를 발견함으로써 삶의 비전을 얻게 된다는 점에서 의의를 더한다.

이상의 작품 논의를 통하여 다음과 같은 결론을 도출할 수 있다. 한국 현대 성장소설은 전대의 서사체로부터 이어온 일대기 형식의 소설구조를 기반으로 형성되었다. 한 인물의 성장과정에 초점을 맞

추어 전개되기 때문에 성장소설의 일대기 형식 의존 가능성은 열려
있다고 하겠다. 한편 서술자가 일인칭 서술시점을 고수하고 있는 경
우라도 체험하는 주인공인 '나'를 분리시켜 바라봄으로써 삼인칭의
회고적 서술자세를 견지하게 되는데, 이 점 또한 전대의 소설과의
연관성을 확인시켜 준다. 주인공의 성장과정을 관찰하고 이야기하는
방식을 취함으로써 일대기 형식의 전위를 드러내고 있는 것이다.

　한국 현대 성장소설의 주인공은 전대의 소설과는 달리 조력자 없
이 세계에 대한 관찰과 응시를 통해 내적 성장을 이루어낸다. 현대
성장소설에 와서 조력자는 서서히 그 존재의미를 상실해 간다. 이광
수의 성장소설에서 부각되는 조력자의 존재는 이후의 작품들에서 점
차 역할이 감소되면서 그 모습을 잃게 된다. 이는 주인공이 성장을
이끌어 주는 인도자나 성장의 모델이 없이 혼자서 전이의 단계를 통
과함을 의미하며, 그런 만큼 주인공들은 세계에 대한 관찰과 응시를
통하여 내적 성장을 이루어낸다. 주인공의 이러한 통찰력은 성장기
를 복원하는 원동력으로 작용하며, 서술자의 회고적 서술을 통해 구
체적인 묘사로 드러난다. 조력자의 존재가 상실되는 것은 가족중심
주의의 배타적 성향과도 결부된다. 다시 말해 주인공이 조력자와 긴
밀한 관계를 형성하지 못하고 혈연중심의 사고에 집착함으로써 인식
의 확대를 이루는 성장에 도달하지 못하는 결과를 초래한다.

　마지막으로 현대 성장소설은 한국의 전통적인 가족주의 문화를 기
반으로 하되 역사적인 격변의 과정을 거치면서 점차 개인주의의 성
향을 띠는 사회 문화적인 풍토를 수렴해 가고 있다. 초기의 성장소
설들이 고아라는 성장의 조건을 갖는 데 비하여 전후시기의 주인공
들은 편모슬하에 놓이게 된다. 그리고 1990년대 이후의 작품들에서
편모슬하라는 여건은 성장기를 좌우하는 변수가 되지 못하며, 가족
으로부터 자발적으로 이탈하여 개인의 삶을 모색하는 양상도 눈에
띤다. 성장소설의 주인공이 고아로 설정되는 것은 유교적 세계관에

따른 가족중심주의의 구속력이 절대적인 사회적 여건을 반증하는 장치이며, 편모슬하로 설정되는 성장의 조건은 주인공들이 그만큼 가족중심주의로부터 자유로워짐을 의미한다. 그러나 편모슬하의 주인공은 결손된 아버지의 존재에 의하여 억압당함으로써 가족주의로부터 크게 벗어나지는 못한다.

근대화의 과정에서 사회구조 및 가치규범이 변화하고, 가족중심주의는 다분히 개인주의로 옮아가고 있다. 현대 성장소설은 그러한 변화를 수용하면서 사회와 문화가 지향하는바 성장의 의미를 탐구하는 데 노력을 집중하고 있다. 그런 만큼 성장소설의 연구는 사회 문화적 여건 속에서 인간 존재를 탐구하고, 성숙한 사회구성원으로서 지향해야 할 보편적 이념에의 천착을 가능하게 하는 계기를 만들어 준다.

| 참고문헌 |

1. 기본자료

김원일,『노을』, 문학과지성사, 1978.
_____,『마당깊은 집』, 문학과지성사, 1988.
박완서,『나목』, 박완서소설전집 10, 세계사, 1995.
_____,『그 많던 싱아는 누가 다 먹었을까』, 웅진출판, 1992.
이광수,『무정』1.2권, 우신사, 1984.
_____,『나』이광수전집 11, 삼중당, 1964.
황순원,『별과 같이 살다』, 황순원전집 6, 문학과지성사, 1981.
_____,『일월』, 황순원전집 8, 문학과지성사, 1983.

2. 단행본

구인환 외,『한국현대장편소설연구』, 삼지원, 1989.
권영민,『한국현대문학사 1945-1990』, 민음사, 1993.
권영민 엮음,『한국현대작가연구』, 문학사상사, 1991.
권택영,『영화와 소설 속의 욕망이론』, 민음사, 1995.
_____,『소설을 어떻게 볼 것인가』, 문예출판사, 1995.
김경수,『한국소설의 유형』, 솔, 1997.
김동욱. 이재선 편,『한국소설사』, 현대문학, 1990.
김용재,『한국소설의 서사론적 탐구』, 평민사, 1993.
김윤식,『한국현대소설비판』, 일지사, 1981.

_____,『한국여성문학비평론』, 개문사, 1995.

김윤식·정호웅,『한국소설사』, 예하, 1993.

김종회 편,『황순원』, 새미, 1998.

김태길,『소설에 나타난 한국인의 가치관』, 문음사, 1986.

_____ 외,『한국사회와 시민의식』, 문음사, 1988.

김흥규,『한국문학의 이해』, 민음사, 1984.

문학사와 비평연구회 편,『1950년대 문학연구』, 예하, 1991.

박완서,『박완서 문학앨범』, 웅진출판, 1992.

서석준,『현대소설의 아비상실』, 시학사, 1992.

서종택·정덕준 엮음,『한국현대소설연구』, 새문사, 1990.

오출세,『한국서사문학과 통과의례』, 집문당, 1995.

오한진,『독일교양소설연구』, 문학과지성사, 1989.

우한용,『한국현대소설구조연구』, 삼지원, 1990.

유기룡,『한국현대소설작품연구』, 삼영사, 1989.

윤병로『현대작가론』, 이우출판사, 1983.

_____,『한국근·현대문학사』, 명문당, 1991.

이광규,『한국의 가족과 종족』, 민음사, 1990.

이동하,『물음과 믿음 사이』, 민음사, 1989.

이부영,『그림자』, 한길사, 1999.

이상우,『한국소설의 원형적 연구』, 집문당, 1985.

이재선,『현대한국소설사(1945-1990)』, 민음사, 1991.

이효재,『가족과 사회』, 진명출판사, 1979.

_____,『분단시대의 사회학』, 한길사, 1985.

조남현,『삶과 문학적 인식』, 문학과지성사, 1988.

조동일,『한국소설의 이론』, 지식산업사, 1977.

조진기,『한국현대문학의 위상』, 경남대출판부, 1997.

조혜정,『한국의 여성과 남성』, 문학과지성사, 1988.

차성환,『한국 종교사상의 사회학적 이해』, 문학과지성사, 1992.

하응백,『문학으로 가는 길』, 문학과지성사, 1996.

한용환,『소설학 사전』, 고려원, 1992.

_____,『이광수소설의 비판과 옹호』, 새미, 1994.

한국사회사연구회, 『한국 근현대가족의 재조명』, 문학과지성사, 1993.
한국현대소설연구회, 『현대소설론』, 평민사, 1994.

3. 논문 및 평론

권성우, 「1954-1955: 실존의 우울한 풍경」, 『문학사상』, 1989년 8월.
권영민, 「박완서와 도덕적 리얼리즘의 성과」, 『박완서 문학앨범』, 웅진출판, 1992.
권향숙, 「박완서 소설의 성장소설적 양상」, 서강대 석사학위논문, 1998.
김경수, 「성장소설의 새로운 모색」, 『문학과 사회』, 1997년 봄.
김교선, 「역사적 상처와 증언」, 『창작과 비평』, 1979년 봄.
김만수, 「황순원 초기 장편소설 연구」, 『1960년대 문학연구』, 예하, 1993.
김병익, 「성장소설의 문화적 의미」, 『세계의 문학』, 1981년 여름.
_____, 「고통에의 기억과 창조에의 고통」, 『문학과 사회』, 1992년 가을.
김열규, 「서사체로서의 한국 상고대 신화」, 『한국소설사』, 현대문학, 1990.
김윤식, 「기억과 묘사」, 『그 많던 싱아는 누가 다 먹었을까』, 웅진출판, 1992.
_____, 「유년을 그린 두 개의 소설」, 『사상계』, 1970년 3월.
_____, 「천의무봉과 대중성의 근거」, 『문학사상』, 1988년 1월.
_____, 「문학사의 개입과 논리적 개입」, 『문학과 사회』, 1991년 겨울.
김인환, 「여성주의 소설의 미학」, 『작가세계』, 1995년 봄.
김종회, 「가족사의 수난에서 민족사의 비극으로」, 『동서문학』, 1989년 11월.
김주연, 「모자관계의 소외 / 동화 구조」, 『마당깊은 집』, 문학과지성사, 1988.
_____, 「성장소설의 한국적 성취」, 『현대문학』, 1993년 4월.
김 철, 「아버지를 찾아서: 시간과의 대결」, 『아버지의 얼굴』, 국민서관, 1991.
김치수, 「외로움과 그 극복의 문제」, 『황순원 연구』, 문학과지성사, 1985.
김 현, 「소박한 受諾」, 『황순원 연구』, 문학과지성사, 1985.
_____, 「이야기의 뿌리, 뿌리의 이야기」, 『문학과 사회』, 1989년 봄.
남미영, 「한국 현대 성장소설 연구」, 숙명여대 박사학위논문. 1991.
류보선, 「분단문학의 새로운 지평을 위하여」, 『문학사상』, 1989년 3월.
_____, 「사생아, 자유인, 편모슬하」, 『문학동네』, 1999년 여름.
박혜경, 「현세적 가치의 긍정과 미학적 결벽성의 세계」, 『황순원』, 새미, 1998.

방민화, 「황순원 <일월> 연구」, 숭실대 석사학위논문, 1988.

성민엽, 「존재론적 고독의 성찰」, 『황순원전집 8』, 문학과지성사, 1990.

신형기, 「분단사의 소설화에 대한 사색」, 『작가세계』, 1991년 여름.

안광진, 「박완서 장편소설 연구」, 중앙대 석사학위논문, 1996.

양승숙, 「한국 성장소설 연구」, 국민대 석사학위논문, 1996.

양 희, 「성장소설연구」, 충남대 석사학위논문, 1996.

오세은, 「박완서 소설 속의 '어머니와 딸' 모티프」, 『한국 여성문학 비평론』, 개문사, 1995.

유종호, 「고단한 세월 속의 삶」, 『도둑맞은 가난·나목』, 민음사, 1988.

윤재근, 「김원일의 <노을>」, 『현대문학』, 1981년 10월.

이남호, 「그때 거기 있었던 아픔과 아름다움에 대하여」, 『그 산이 정말 거기 있었을까』, 웅진출판, 1995.

_____, 「70년대 젊음의 성장」, 『문학의 위족』, 민음사, 1990.

이보영, 「황순원의 세계」, 『황순원』, 새미, 1998.

이재선, 「형성적 교육소설로서의 <무정>」, 『문학사상』, 1992년 2월.

이태동, 「나목의 꿈」, 『나목』, 작가정신, 1993.

_____, 「실존적 현실과 미학적 顯現」, 『황순원 연구』, 문학과지성사, 1985.

_____, 「성장소설과 리얼리즘」, 『소설과 사상』, 1993년 여름.

이홍진, 「박완서 초기장편소설 연구」, 계명대 석사학위논문, 1995.

장경렬, 「반(反)성장소설로서의 성장소설」, 『작가세계』, 1991년 가을.

장소진, 「이광수의 <무정> 연구」, 서강대 석사학위논문, 1991.

정호웅, 「상처의 두 가지 치유방식」, 『작가세계』, 1991년 봄.

천이두, 「綜合에의 의지」, 『황순원 연구』, 문학과지성사, 1985.

_____, 「비극의 현장」, 『문학과 지성』, 1978년 겨울.

_____, 「성장소설의 계보와 실상」, 『우리 시대의 문학』, 문학동네, 1998.

최원식, 「여성주의와 아버지 부재의 문학적 의미」, 『생산적 대화를 위하여』, 창작과 비평사, 1997.

최인자, 「성장소설의 문화적 해석」, 『문학과 논리』 5호, 태학사, 1995.

최현주, 「한국 현대 성장소설의 서사 시학 연구」, 전남대 박사학위논문, 1999.

추둘란, 「전쟁 체험의 이니시에이션 소설 연구」, 건국대 석사학위논문. 1995.

하정일, 「성장의 의미와 현실인식」, 『성장』, 웅진출판사, 1991.

황도경, 「정체성 확인의 글쓰기」, 『페미니즘 문학비평』, 고려원, 1994.

황종연, 「성장소설의 한 맥락」, 『문학과 사회』, 1996년 여름.

4. 외국문헌

한스-게오르그 가다머, 『진리와 방법 I』, 이길우 外 역, 문학동네, 2000.

뤼시엥 골드만, 『소설사회학을 위하여』, 조경숙 역, 청하, 1982.

_____, 『인문과학과 철학』, 김현·조광휘 역, 문학과지성사, 1980.

프리드먼 노먼 편저, 『현대소설의 이론』, 김병옥·최상규 역, 대방출판사, 1983.

마르트 로베로, 『기원의 소설, 소설의 기원』, 김치수·이윤옥 옮김, 문학과지성사, 1999.

게오르그 루카치, 『소설의 이론』, 반성완 역, 심설당, 1985.

A. 반겐넵, 『통과의례』, 전경수 역, 을유문화사. 1985.

웨인 부스, 『소설의 수사학』, 최상규 역, 새문사, 1985.

시몬느 비에른느, 『통과제의와 문학』, 이재실 옮김, 문학동네, 1996.

듀에인 슐츠, 『성장심리학』, 이혜성 역, 이화여대출판부, 1982.

제라르 즈네뜨, 『서사담론』, 권택영 옮김, 교보문고, 1992.

츠베탕 토도로프, 『구조시학』, 곽광수 옮김, 문학과지성사, 1977.

리몬-케넌, 『소설의 시학』, 최상규 역, 문학과지성사, 1985.

노드롭 프라이, 『비평의 해부』, 임철규 역, 한길사, 1982.

Eagleton T., Criticism and ideology, (London, verso Edition, 1982)

Lukacs G., The Theory of Novel, (The Mit press, 1975)

Wallace M., Recent Theories of Narrative, (Cornell univ. press, 1986)

Welleck R. & Warren A., Theories of Literature, (Penguin Books, 1966)

| 색 인 |

•약 력•

서울 출생
서울여자대학교 국어국문학과 졸업
동 대학원 문학석사 및 문학박사
서울여대, 신흥대 강사 역임
한신대학교 연구교수 역임
현(現) 계간『시조문학』집필전문위원

김병희

•주요논저•

『한국 개신교가 한국 근현대의 사회·문화적 변동에 끼친 영향 연구』(공저)
「가족공동체를 향한 염원, 그 지향점」
「일대기적 성장소설」
「우리 소설과 성장의 조건」
「기독교 소설의 두 얼굴」

외 다수

한국 현대성장소설의 구조와 의미망

• 초판 인쇄	2007년 7월 30일
• 초판 발행	2007년 7월 30일
• 지 은 이	김병희
• 펴 낸 이	채종준
• 펴 낸 곳	한국학술정보㈜
	경기도 파주시 교하읍 문발리 526-2
	파주출판문화정보산업단지
	전화 031) 908-3181(대표) · 팩스 031) 908-3189
	홈페이지 http://www.kstudy.com
	e-mail(출판사업부) publish@kstudy.com
• 등 록	제일산-115호(2000. 6. 19)
• 가 격	23,000원

ISBN 978-89-534-6979-2 93810 (Paper Book)
      978-89-534-6980-8 98810 (e-Book)